Elvis Peeters

Der Sommer, als wir unsere Röcke hoben und die Welt gegen die Wand fuhr

Deutschsprachiger Kinofilm erschien bei
www.der-filmverleih.de

BURGHÜGEL
Ein Imprint des Knabe Verlag Weimar

Elvis Peeters

Der Sommer, als wir unsere Röcke hoben und die Welt gegen die Wand fuhr

Roman

Aus dem Niederländischen
von Meike Blatnik

BURGHÜGEL
Ein Imprint des Knabe Verlag Weimar

Die Originalausgabe unter dem Titel
Wij
erschien bei Uitgeverij Podium, Amsterdam

Die Arbeit der Übersetzerin am vorliegenden Text wurde vom Deutschen Übersetzerfonds gefördert.
Die Übersetzung dieses Buches wurde gefördert vom Flämischen Literaturfonds (www.flemishliterature.de).

1. Auflage
Taschenbuchausgabe Mai 2019
im Burghügelverlag, einem Imprint des Knabe Verlag Weimar

Die deutsche Erstausgabe erschien 2013 bei Blumenbar. Blumenbar ist eine Marke der Aufbau Verlag GmbH & Co. KG.

Titel-Abbildung: Meteor Film GmbH, Der Filmverleih GmbH
Einbandgestaltung: Rike Schmidt
Druck und Bindung: Sowa Sp. z o.o.
Printed in Europe

ISBN 978-3-944575-89-6

www.burghügelverlag.de

»Ich weiß es. Doch was nützt es mir, es zu wissen.«

E. M. Cioran

Es schneite, es fror, dann taute es, Schmelzwasser tropfte vom Dach.

Es wurde Abend und es fror wieder. Morgens hingen Eiszapfen an der Dachrinne, einige bestimmt dreißig Zentimeter lang, als hätte das Dach Zähne, Zähne aus Glas.

Thomas betrachtete sie mit offenem Mund.

Seine Mutter machte Fotos: Von ihm zwischen den Schneeresten mit seinen warmen Wollhandschuhen, der dicken Jacke, den großen Stiefeln und der roten Mütze mit Ohren. Sein Gesicht, drollig, wunderlich, voller Begeisterung. Schöne Fotos.

Sein Vater holte eine Leiter, brach einige Eiszapfen vom Dach, legte sie in den letzten Schnee. Thomas steckte einen in den Mund, lutschte daran, der Zapfen war eiskalt.

Als er ihn herauszog, blieb er an seiner Unterlippe kleben, riss ein Stück Haut ab. Seine Lippe blutete. Mit dem dicksten Zapfen durchbohrte Thomas den Rest des Schneemannes, eine schief in sich zusammengesackte Gestalt. Dann leckte er am längsten Eiszapfen.

Das Rot an seiner Lippe passte perfekt zu seiner Mütze. Auch das ergab schöne Fotos, obwohl er auf ihnen weinte – wegen des Blutes, wegen des Schmerzes oder wegen der Kälte. Oder weil einer der Eiszapfen zerbrach, als er damit auf den kahlen Rosenstock eindrosch.

Den kürzesten legten sie in der Küche auf einen Teller. Im Viertelstundentakt sah er nach, wie er schmolz. Abends, als er schlief, schüttete seine Mutter das Wasser ins Spülbecken. Ein Eiszapfen wurde in eine Plastiktüte gewickelt und in den Tiefkühlschrank gelegt. Dort blieb er liegen.

Ab und zu fragte Thomas noch mal danach, dann vergaß er ihn.

Er wurde älter, sah die Winter mit anderen Augen.

Seine Mutter warf den Eiszapfen nie weg. Jedes Jahr, wenn sie den Tiefkühlschrank abtaute, legte sie ihn doch wieder zurück zwischen die portionierten Fleisch- und Suppenvorräte. Die Erinnerung an einen Tag, an dem ihr Sohn geweint hatte und vor lauter Staunen glücklich gewesen war.

Nissan

Wir sind frei. Ohne Wenn und Aber. Wir sind nicht so geboren, wir sind nicht so erzogen, wir sind es, weil wir das so wollen. Wahr oder unwahr?

Wir zucken mit den Schultern. Wahr.

Wahr.

Warum auch nicht?

Die Sonne scheint, grell, als wäre das nötig bei dieser Hitze. Liesl verschränkt die Arme hinter dem Kopf. Ihre Achseln bilden glatte, flache Mulden. Ihre Brüste stehen weit auseinander. Sie sind klein, ihre Brustwarzen sind aus rosa Marzipan. Heute trägt sie keinen BH. In ihrem Nabel steckt ein glänzender Stein, ein Sprenkel Sonnenlicht.

Wann brechen wir auf?

In einer halben Stunde.

Wo bleibt Ena?

Thomas öffnet eine Dose Bier, das um diese Zeit sicher schon lauwarm ist.

Es geht auch ohne Ena.

Aber je mehr Mädchen, desto besser.

Sie hat alle Zeit der Welt. Sie kann auch später dazukommen, der Tag ist noch lang.

Wir brechen pünktlich auf, falls dieser Begriff überhaupt etwas bedeutet. Ena im Amazonensitz bei Karl hinten auf dem Motorroller. Liesl, Ruth und Femke fahren mit dem Rad, wie wir. Sie sehen gut aus mit ihren Röcken.

Die Sonne sticht, Ruth mault, sie will auch auf den Roller, sie findet, dass sie sich abwechseln sollten, dass Ena genauso gut Rad fahren könnte, dass es bei dieser Hitze auf dem Rad zu weit sei. Es ist alles wahr und alles unwahr. Wenn man ordentlich in die Pedale tritt, wird man weniger müde, als wenn man trödelt.

Wir können den Lärm der Autobahn schon hören.

Zu Dokumentationszwecken hatte Jens eine Kamera mitgenommen, für den Fall, dass etwas passierte. Wir hatten eine kaum befahrene Überführung ausgesucht, unter der die Autobahn in einer trägen Kurve verlief.

Die Mädchen nahmen ihre Fahrräder mit auf die Überführung, wir versteckten unsere hinter den Sträuchern am Straßenrand.

Einen richtigen Plan hatten wir nicht. Wir improvisierten, wie immer.

Wir setzten uns ein Stück hinter der Überführung zwischen die Sträucher. Thomas holte sein Fernglas hervor. Jeder hatte an irgendetwas gedacht. Auch der Motorroller stand auf der Überführung, zusammen mit Karl. Er fand es lächerlich, wie wir uns da verkrochen. Jens glaubte, die Bilder aus dem Grün vom Rand aus wären spektakulärer, die Autobahn dicht vor der Linse. Aber Karl hatte natürlich recht, von oben wären sie nicht weniger großartig. Wir hatten keine Lust zu diskutieren, und zwischen den Büschen war es schattig.

Karl saß auf seinem Motorroller, die verschränkten Arme auf dem Brückengeländer. Die Mädchen hatten ihre Slips ausgezogen. Eigentlich glaubten wir nicht daran, dass etwas passieren würde, aber wir fragten uns doch.

Der erste Tag bestärkte uns. Die Wahrscheinlichkeit war furchtbar klein, aber es war nicht ausgeschlossen, dass etwas geschah. Ein Wagen geriet ins Schlingern, ein schwarzer Mercedes. Ein Geschäftsmann, dachten wir. Die Mädchen behaupteten, auch ein paar andere Autos seien von der Spur abgekommen, ein Fahrer hatte gehupt – eine Frau, behauptete Karl. Auch ein Lastwagen war ins Schleudern geraten, aber Thomas war der Meinung, das habe nicht unbedingt an den Mädchen gelegen – Lastwagen schlingerten öfter. Vom Straßenrand aus hatten wir, bis auf den Mercedes, nichts Besonderes gesehen.

Wir fragten uns, wen es treffen würde, wenn es passierte.

Wir machten Witze darüber, schlossen Wetten ab.

Wir beobachteten die Mädchen mit dem Fernglas, filmten sie und riefen sie der Reihe nach an. Erst Femke, dann Liesl, dann Ena und schließlich Ruth.

Wir hatten nichts zu sagen. Wir schlugen ihnen vor, mal auf unsere Seite der Überführung zu kommen. Sie standen auf der anderen und wir sahen nicht mehr als ihre Schultern und Köpfe. Nur Ena überquerte die Straße und ließ sich an unserer Seite bewundern. Sie streckte uns die Zunge raus. Die Autos rasten. Das Sonnenlicht flirrte. Kühe grasten entlang der Autobahn.

Im Großen und Ganzen waren wir zufrieden mit unserem ersten Tag. Die Mädchen riefen an, um zu melden, sie hätten Hunger und für heute genug. Auf dem Rückweg nahm Karl Ruth auf dem Roller mit.

Am nächsten Tag gingen wir zur selben Stelle. Nicht mit Absicht, wir waren nur zu faul, uns eine andere zu suchen.

Wir krochen nicht wieder in den Straßenrand, sondern stellten uns zu Karl und seinem Roller, ein Stück von den Mädchen entfernt; über der Gegenspur, wo die Überführung schon wieder leicht abfiel.

Auf der Überführung war kaum Verkehr. Ab und zu kam ein Traktor, manchmal ein Auto oder ein Radfahrer. Wir sahen sie von weitem. Wir waren einfach eine Gruppe Jugendlicher, ein paar Mädchen, ein paar Jungen, die sich aus Langeweile den Verkehr auf der Autobahn ansahen, der unter der Brücke hindurchraste. Lastwagenfahrer, Geschäftsleute, Kuriere, Familien auf dem Weg in den Urlaub. Es konnte jeden treffen. Am Steuer musste man aufmerksam sein. Die Leute ließen sich so leicht ablenken. Würden wir sie so weit kriegen?, fragten wir uns. Die Mädchen standen in einer Reihe nebeneinander, mit gespreizten Beinen. Sie winkten den Autos mit einer Hand zu. Mit der anderen hielten sie ihren Rock hoch, den Ellbogen lehnten sie aufs Brückengeländer. Ihre Scham passte genau zwischen zwei Gitterstäbe. Vier junge Mösen. Wer wollte das nicht sehen? Vormittags um halb elf. Die Sonne brannte bereits.

Plötzlich sahen wir ein Auto von der Spur abkommen, einen grauen Peugeot. Er berührte nur ganz kurz den grünen Nissan, der ihn gerade überholte. Sie fuhren beide mit hoher Geschwindigkeit. Ich meine sogar, dass Liesl nicht mit einem weißen Taschentuch winkte, sondern mit ihrem Slip. Wir hörten den Aufprall unter der Brücke. Jens rannte mit seiner Kamera zum Geländer auf der anderen Seite. Die Autos schossen schräg über die mehrspurige Fahrbahn. Der Nissan überschlug sich und landete auf dem Mittelstreifen, der vom Ginster gelb war. Der Peugeot schleuderte gegen die Leitplanke, schoss erneut auf die Straße. Femke filmte den Unfall mit ihrem Handy, sie muss blitzschnell gewesen sein. Wie durch ein Wunder berührte der Peugeot keine weiteren Fahrzeuge. Wir rochen förmlich Adrenalin, hörten unzählige Autos und Lastwagen quietschend bremsen. Ein blauer Audi mit Wohnwagen, der zu schnell fuhr, rammte einen Lieferwagen. Der Peugeot prallte gegen die Leitplanke, fast genau dort, wo wir gestern gesessen hatten. Danach ertönte ein lauter Knall. Der Nissan zwischen den Ginsterbüschen hatte sich überschlagen und fing Feuer. Wir hörten das brüllende, zischende Prasseln der Flammen. Karl startete den Motorroller, er nahm Liesl mit, die anderen Mädchen liefen zu ihren Rädern. Es war warm und wir hatten Durst. Womöglich schaffte es der Vorfall in die Zeitung, dann würden wir morgen wissen, wer die Opfer waren.

Das Schönste auf Jens' Bildern sind die Flammen und wie der Ginster versengt. Femke hielt bloß schmutzig schwarze Rauchwolken fest.

Sommer

Haben unsere Mösen das tatsächlich verursacht? Haben wir eine solche Kraft? Lustig, wie sie alle danach verlangen. Und wir besitzen sie. Es wäre doch dumm, keinen Gebrauch davon zu machen.

Überhöhte Geschwindigkeit, mangelnde Aufmerksamkeit, Müdigkeit – was ist es, das einen Unfall verursacht? Einen, der mehr anrichtet als nur Blechschaden. Das führte uns zur Autobahn. Für spektakuläre Unfälle benötigt man Geschwindigkeit – das ist einfache Physik. Das Einzige, was wir beeinflussen konnten, war die Unachtsamkeit. Nicht sie selbst, auch nicht den Grund dafür. Wir waren nur der Auslöser. Etwas, was die Autofahrer ablenken konnte, was unwiderstehlich ihre Aufmerksamkeit auf sich zog. Etwas, was sie begaffen konnten. Was sie sich – trotz ihrer Geschwindigkeit – nicht entgehen lassen konnten. Und was uns keine Mühe kostete. Wir hatten es in der Hand. Darüber waren wir uns einig.

Wir betrachten die Bilder immer wieder. Und lachen.

Was für einen anmutigen Salto der Nissan macht. Wie der Fahrer das Manöver des Peugeot nicht rechtzeitig bemerkt. Weil auch er einzig und allein Augen für unser Schauspiel hat. Nicht eine oder zwei, sondern vier Mösen. Unter anderem Enas. Wie soll man das mit nur einem Paar Augen zu fassen bekommen? Das war es, was dem Fahrer da plötzlich durch den Kopf spukte, und im nächsten Augenblick tauchte der Ginster auf, wie aus dem Nichts. Wie schön kann das Leben sein, vier frisch erblühte, saubere Mösen, einfach so, frei, unerwartet, umsonst, ungebunden, vier, von denen die eine – und unmittelbar darauf steht alles Kopf, in den flimmernden, gelben Flammen des Ginsters.

Heute Vormittag fing der Sommer an. Ein Sack Hitze wurde über der Welt ausgeschüttet. Millionen kleine, hartnäckige Hämmer aus Hitze schlugen auf die Häuser ein, auf den Asphalt, die Bäume, die Hunde, das Gras. Klopften den Schweiß aus den Poren, den Gestank aus den Müllsäcken. Eine Erektion durchzog meinen ganzen Körper. Nahm all mein überflüssiges Blut auf. Nach der Erektion wurde ich wach. Ich dachte an Ena. Ihr Körper strahlt immer etwas Sommerliches aus. Heute Vormittag ist niemand da, meine Eltern sind zur Arbeit, mein Bruder kommt erst in einer Woche von der Uni zurück, ich habe das Haus für mich allein. Ich rufe Ena an. Sie liegt auch im Bett.

Ich hab eine Riesenerektion, sage ich.

Weil du ein Junge bist, sagt sie.

Bist du feucht?

Nein.

Du musst mir helfen, sage ich.

Mach mal, ich hör dir zu.

Sie atmet geräuschvoll ins Telefon.

Es wäre doch jammerschade, wenn ihr niemand zuhörte.

Ich nehme meinen Schwanz in die Hand und hol mir einen runter.

Du musst schreien, wenn es so weit ist, sagt sie.

Ich warte eine Weile und schreie dann.

Ich bin feucht, sagt sie, ich habe es mir gemacht.

Ich habe aber nichts gehört, sage ich.

Ich habe bloß zugehört. Zugehört und es mir gemacht. Kommst du?

Wenn ich fertig bin.

War es viel?

Eine ganze Hand voll.

Da stehe ich mit meinem Fahrrad in der Hand, den Sommer vor mir. Ein Vogel sinkt wie eine Feder auf eine schmale Baumkrone nieder. Das hässliche Villenviertel mit seinen roten und schwarzen Dächern glüht in der Sonne. Es muss furchtbar sein, hier zu leben, denke ich, aber für Liesl ist es ganz normal, und auch Thomas wohnt in dieser Gegend.

Sich immer die Häuser der anderen ansehen, um die Trostlosigkeit des eigenen zu vergessen.

Mir fallen die gar nicht auf, sagt Thomas.

Sie sind spät dran. Abwechselnd kommen wir alle zu spät oder zu früh. Wir achten auf die Zeit, um zu wissen, wie viel die anderen zu spät kommen.

Jens taucht als Erster auf. Die Schlafmütze liegt mit dem Kopf fast auf dem Lenker. Den größten Teil der Nacht hat er sich mit einem Film um die Ohren geschlagen, der ihm nichts gebracht hat.

Es dauert eine Stunde, bis alle da sind. Ena kommt als Letzte.

Ihr Blut fließt langsam, sagt Jens.

Es sei denn, es kommt in Wallung, sagt Karl.

Wir sehen uns vielsagend an und fangen an zu lachen.

Der Sommer liegt kahl und sengend vor uns. Lange Tage voller Licht, lange Abende mit kurzer Dämmerung.

Was sollen wir machen?

Ena entblößt grinsend ihre wunderbaren Schneidezähne. Sie hat die Frage nicht verstanden. Aber wer hat das schon? Niemand antwortet.

Etwas Aufsehenerregendes, sagt Ruth schließlich. Obwohl das auch keine richtige Antwort ist.

Wir nehmen unsere Fahrräder, Karl seinen Motorroller, und fahren los. Stehenzubleiben ist bei dieser Hitze noch anstrengender.

Wir fahren raus aus dem Dorf, zwangsläufig in Richtung eines anderen Dorfes. Das ist Jacke wie Hose.

In der Ferne hören wir das Rauschen der Autobahn.

Das erste Mal, als Verliebtheit mit einer Erektion einherging, war ich mit Femke zusammen. Wir taten es nur halb. Trotzdem wussten wir Bescheid.

In Jens' Zimmer sahen wir uns auf seinem Laptop Pornoseiten an. Schwelgten in Mösen und Brüsten, Mädchen, die es sich selbst machten, Schwänze in den Mund nahmen, sich Schwänze in den Arsch steckten, von einem Hund lecken ließen, Männern, die eine Katze vögelten, bis diese kreischte, und ihnen das Blut an ihren Säcken hinunterlief. Jens hatte das Passwort seines Vaters oder seines Bruders für die härteren Seiten geknackt. Das Geld dafür würde von irgendeinem Konto abgebucht werden, von dessen Existenz die Mutter möglicherweise nichts wusste – es wurde nicht offen darüber gesprochen. Wir machten das nur ab und zu und auch nicht regelmäßig, damit sein Vater oder sein Bruder nicht allzu schnell Verdacht schöpften und vor allem nicht auf die Idee kamen, nachzufragen. Später legten wir zusammen und regelten das Ganze über Thomas' Kreditkarte.

Es waren gemütliche Spanner-Sessions, aber nach einer Weile wurde es langweilig.

Wir waren jung, nicht pervers.

Wir wollten alles über die Welt in Erfahrung bringen, was man leicht herausfinden konnte – und dann weiterziehen, unseren eigenen Weg gehen.

Sex kochte von selbst in uns hoch. Wir bemerkten das auch an anderen, beobachteten das bei den Mädchen, bei uns selbst. Das kostete uns keine Mühe. Es kostete Mädchen nicht mehr Mühe als Jungen.

Eines Tages brachte Karl hinten auf seinem Motorroller eine Katze in einem Karton mit. Eine schöne Siamkatze. Eine der zwei Katzen seiner Nachbarin – die andere war ein kastrierter Kater. Er hatte auch ein Paar Handschuhe dabei für den Fall, dass sie wild werden sollte. Wir probierten die Katze einer nach dem anderen auf der Werkbank in der Garage aus. Das Vieh war zahm, es gab nur ein klägliches Jaulen oder ein zischendes Blasen von sich, blähte sich auf oder krümmte den Rücken, aber versuchte nicht einmal zu entkommen oder uns zu kratzen. In dem Film hatten sie es übertrieben, oder wir machten es nicht richtig.

Wir waren jung, nicht pervers.

Wir wollten wissen, wie sich warmes und feuchtes Fleisch von innen anfühlte, ein lebendiges und bewegliches Organ.

Das Innere der Katze war weich und eng, es schmiegte sich schön eng um unsere Schwänze, aber Thomas war als Einziger gekommen.

Vielleicht hätten wir ein Kaninchen nehmen sollen, Kaninchen sind fickriger.

Die Katze schien ihre besten Tage hinter sich zu haben. Karl steckte das erschöpfte Tier wieder zurück in den Karton. Im Badezimmer wuschen wir unsere Schwänze ausgiebig. Wir sahen, wie unterschiedlich sie waren, sowohl in halbschlaffem wie in erigiertem Zustand. In Ruheposition unterschieden sie sich möglicherweise genauso.

Wir blickten in den Karton. Die schöne Siamkatze lag merkwürdig zusammengekrümmt in einer Ecke, Erbrochenes kam ihr aus dem Maul. An einem Hinterlauf klebte Blut. Ihr Fell stand verschwitzt und zottelig in alle Richtungen ab. In diesem Zustand trauten wir uns nicht, sie zurückzubringen. Wir stopften den Karton samt der Katze in einen Müllsack und radelten damit zum Kanal. Unterwegs fanden wir einen brauchbaren Stein, legten ihn dazu und banden den Sack dicht. Mehr konnten wir nicht tun. Wir schmissen den Sack ins Wasser, wo er noch einige Augenblicke an der Oberfläche trieb.

Das Innere einer Katze ist nicht schmutziger als das Innere eines Mädchens. Das Innere eines Mädchens ist nur praktischer, komfortabler. Es ist erstaunlich, wie dehnbar die Natur ist. Zuerst hatten wir Mühe, die Spalte der Siamkatze zu finden, so unscheinbar war sie. Daneben sahen unsere Ständer erschreckend riesig aus. Karl schmierte mit bloßem Finger Olivenöl an die Spalte, wir schnitten auch Haarbüschel weg. Anschließend gossen wir uns Olivenöl über unsere Ständer. Triefend machten wir uns ans Werk. Thomas kam als Einziger. Er war am tiefsten in die Katze eingedrungen. Er warf den Sack in den Kanal.

Aber wir hatten nicht nur Sex im Kopf. Wir spielten auch Computerspiele, lasen Comics, ich las Bücher, wir trieben unsere Späße, hingen ab, Karl und Thomas spielten Fußball, trainierten zwei-, dreimal pro Woche, Jens spielte Klavier, übte so gut wie jeden Tag. Trotzdem konnten wir den Sex nicht von uns abschütteln. Wir standen damit auf, legten uns damit schlafen, wir hatten ihn im Leib. Auch wenn wir nicht ununterbrochen daran dachten.

Femke hatte Beine, die so lang waren wie die Tage, an denen ich sie nicht sah. Doch Verliebtheit geht vorüber. Sie ist ein ordinärer Trieb in kultivierter Gestalt. Femke fand es nicht schlimm, diese Maske der Kultiviertheit herunterzureißen. Der Trieb kam auch ohne Verliebtheit aus, ihm reichte das Begehren. Gegenseitige Anziehungskraft war genug.

In Femke traf ich eine verwandte Seele. Obwohl ich das nicht sofort begriff. Für sie sei es nichts anderes, als mit Puppen zu spielen, sagte sie. Es machte Spaß, man ging darin auf, stellte Dinge nach und wurde hinterher zum Essen gerufen oder gebeten, einkaufen zu gehen. Aber wir waren keine leblosen Puppen füreinander, und niemand rief uns zu Tisch. Ihre Brüste waren weich, ihre Brustwarzen auch. Ebenso ihr Bauch, ihr Po, ihre Hände. Ihre Lippen zu küssen – das waren die ersten vorsichtigen Schritte. Nach einer Woche schliefen wir miteinander, ohne verliebt zu sein. Wir taten es nicht richtig, wir wollten es nur lernen. Femke zeigte mir ihren Körper in demselben Maß, wie sie meinen entdecken durfte. Wir vögelten nur halb. Damit wir noch etwas teilen konnten, was wir noch nie ganz erlebt hatten. Damit uns etwas blieb, was wir abschließen mussten, bevor wir miteinander fertig waren. Das schuf ein Band, über das wir weiter kein Wort verloren. Sie stellte mich ihren Freundinnen vor, ich stellte sie meinen Freunden vor.

Für mich birgt eine Mädchenmöse nur noch wenige Geheimnisse.

In der Zeitung standen die Namen der Opfer. Wir kannten keinen von ihnen, konnten uns kein Bild von ihnen machen. Ein Toter, drei Schwerverletzte, drei Leichtverletzte. Die Tote war eine vierunddreißigjährige Frau, Mutter von zwei Kindern. Zwei der Schwerverletzten waren ihre Kinder. Ein Junge im Alter von sechs Jahren mit schweren Verbrennungen, der nicht nur seine Mutter, sondern auch einen

Arm verloren hatte, und seine vierjährige Schwester, die ebenfalls schwere Verbrennungen davongetragen hatte. Der Vater konnte aus dem Fahrzeug entkommen und war nur leicht verletzt. Der dritte Schwerverletzte war der Fahrer des Peugeot, ein vierzig Jahre alter Mann. Seine fünfundzwanzigjährige Beifahrerin hatte lediglich Prellungen. Der dritte Leichtverletzte war ein Insasse des blauen Audi, der in den Lieferwagen gerast war.

Wir amüsierten uns bei dem Gedanken, wie wir in das Leben dieser Menschen eingegriffen hatten. Sie waren alle auf dem Weg in den Urlaub gewesen. Der unter der Überführung, die wir auserwählt hatten, ein abruptes Ende genommen hatte. Ein vierzigjähriger Geschäftsführer mit seiner fünfzehn Jahre jüngeren Geliebten. Eine tote Bankangestellte und ein Buchhalter mit zwei verbrannten Kindern. Wie vier schamlose Mösen ihrem Leben eine andere Wendung gegeben hatten. Würde dem Geschäftsführer mit dem gelähmten Arm und der gerissenen Lunge samt zertrümmertem Brustkorb die Geliebte davonlaufen? Woher sollte der Buchhalter eine neue Mutter für seine entstellten Kinder nehmen? Setzte die Familie mit dem Wohnwagen ihre Reise mit einem Ersatzfahrzeug fort oder änderte sie die Urlaubspläne? Wir stellten uns diese Fragen, um uns darüber lustig zu machen. Aber schon bald fanden wir das langweilig.

Der Sommer brannte Löcher in unsere Tage. Wir vergaßen, warum wir auf der Welt waren. Versuchten durch die Löcher in den nächsten Tag zu kriechen, der vielleicht weniger bodenlos wäre.

Unsere Haut, unsere Gebärden, unsere Anwesenheit waren voller Sex. Im Sommer wie im Winter. Wir machten uns über unsere Eltern lustig. Über alle Menschen, die sich abschufteten. Wir hatten keine Zeit zu verlieren, wir brauchten keine Zeit zu gewinnen, wir selbst waren die Zeit, sie strömte durch unsere Adern, sie glühte rot auf unseren Wangen, lag in unseren Blicken.

Wir sahen durch die Zeit und nichts ging vorüber. Alles blieb so, wie wir das wollten. Unsere Zeit kannte keinen Horizont, hatte keinen Schatten. Wir leckten Enas Möse jedes Mal, wenn sie uns darum bat oder wenn wir sie darum baten. Wir sahen die lächerlichen Versuche der Erwachsenen, ihre Sexualität am Leben zu erhalten, ihr hinterherzujagen oder sie auszuloten. Die Verrenkungen, die sie dafür zu unternehmen bereit waren. Wir beobachteten das zu Hause, ich las darüber in Romanen, wir sahen es in Filmen und im Internet, es hallte auf der Straße aus ihren Mobiltelefonen. Wir lachten sie aus. Wir besaßen alles, was sie verloren hatten. Wir waren jung, dachten nicht an die Zukunft, dachten nicht an die Zeit, sondern an das, was die Zeit aus uns machte, daran, wie wir uns dem Genuss vollkommen hingaben. Wir waren gern, was wir waren, unerfahren und unverantwortlich.

Ich wusste, dass diese Worte einen Gehalt hatten, der nicht immer gut ankam. Ich las Bücher. Aber was scherte es uns, wem gegenüber sollten wir uns verantworten und welche Erfahrung passte zu uns? Erfahrung war nicht nötig, allein der Wille reichte aus. Und Verantwortung führte zu Zweifeln, zu Angst und Selbstbetrug und schließlich zu Nichtstun, zu kleinlichen verantwortungsbewussten Mitmenschen, zu aufgeblasenen hinterhältigen Spießbürgern oder zu einer grauenhaften Mischung aus beidem. Vielleicht hätten weitere Reflexionen ein genaueres und nuancierteres Bild ergeben, aber was hätten wir schon davon gehabt? Das Bild, das wir von Enas sich windendem Körper hatten, war schockierend real, daneben verblasste jede tiefere Reflexion. Und genau das ist es, was Genuss zu Genießen macht, oder umgekehrt, denn auch darüber wollten wir uns nicht den Kopf zerbrechen.

Wir langweilen uns – so nannten wir es, aber es war keine Langeweile aus Lustlosigkeit, kein leeres, nutzloses Warten, dass die Stunden vergingen, der Vormittag, der Nachmittag, der Abend oder was auch immer. Es war eine Langeweile, die nach Ideen verlangte, eine Leere, aus der eine Fülle erwachsen konnte. Wir liebten die Unbestimmtheit in dieser unbestimmten Phase.

Wir wussten, dass Ideen entstehen würden, da wir die Langeweile liebten, sie aber nur aushalten konnten, wenn sie zu etwas führte, zu einem Plan, einer

Beschäftigung, die das Nichtstun in einen Zeitvertreib ummünzte. So etwas wie den Stein der Weisen. Gold, gemacht aus Eisen und Zaubersprüchen. Ertragene Langeweile führt zu unvermutetem Elan, wenn man es versteht, sich auf ihn einzulassen.

Damit kannten wir uns aus.

Wir hingen mit unseren Rädern herum. Karl hatte seinen Motorroller. Wir folgten den Jungs, auf der Suche nach der richtigen Stelle. Die Sonne schwebte wie ein böses Auge über unseren Köpfen, folgte jeder Bewegung, maß sie an unseren Schatten. Die waren lahm und matt. Die Jungs hielten an. Wir hörten die Autobahn brummen.

Was, wenn wir mal einen Unfall verursachten?

Wir fragten uns, was diese Worte genau bedeuteten, einen Unfall verursachen. Wir mussten uns an die Vorstellung gewöhnen. Unsere Schatten wiegten den Kopf, als käme das von der Wärme, müde, erschöpft, weder ein deutliches Ja noch ein deutliches Nein, wir mussten uns daran gewöhnen.

Wie?

Unsere Köpfe wiesen zur Autobahn.

Von der Überführung aus betrachteten wir die Autos. Wir winkten, einige Autofahrer winkten zurück, andere würdigten uns keines Blickes.

Wie entsteht ein Unfall? Winken reicht nicht aus, das ist zu gewöhnlich, zu alltäglich. Wir versuchten es nur mit den Jungen, nur mit den Mädchen. Ein Muster zeichnete sich ab. Mädchen bekamen mehr Aufmerksamkeit. Bemerkten wir, oder meinten das jedenfalls. Auch ohne zu winken.

Und wenn sie eure Höschen sehen?

Nur Femke trug einen Rock. Wir lachten, sie zeigte ihren Slip, ihren Hintern, ihre Vorderseite. Wir winkten, lachten, ließen sie hupen. Ein schöner Nachmittag, alle wirkten zufrieden.

Wir kommen wieder, sagte Thomas. Wir suchen eine bessere, niedrigere Überführung. Bereiten uns gut vor. Auf etwas, auf das sie nicht gefasst sind. Dann haben wir eine Chance.

Sex können sie nicht widerstehen.

Darüber waren wir uns einig. Wir kannten die Blicke der Männer. Wir lasen im Internet davon, wir lasen es in ihren Augen.

Nackte Mösen, das ist Sex.

Vier unberührte junge Mädchen, die in einer Geste naiver Großherzigkeit einen Blick zwischen ihre Beine gewähren. So was in der Art. Dinge, von denen sie träumen, für die sie in Saunen gehen und an sonnenüberflutete Strände ziehen. Geheimnisse, die plötzlich schamlos enthüllt werden. Natürlich würden die Frustrierten noch im Auto die Polizei anrufen. Erregung öffentlichen Ärgernisses, sittenwidriges Verhalten. Andere Frustrierte würden sich die Haare raufen, weil sie nicht langsamer fahren oder anhalten konnten, ein Foto machen, filmen oder das Ereignis sonst wie festhalten. Einige würden unvorsichtig sein. Nur wenige würden sich das entgehen lassen wollen.

Tausende Autos, die da stündlich vorbeirasen, Tausende Voyeure, das musste ja einmal schiefgehen.

Und wenn es passiert?

Dann bekommen wir zu sehen, was wir sehen wollen.

Ein ehrlicher Tausch.

Vielleicht passiert es nicht, vielleicht doch, das haben wir nicht in der Hand. Wir schaffen nur die Möglichkeit.

Daran ist nichts verkehrt. Die Verantwortung liegt hinter dem Lenkrad.

Niemand ist verpflichtet zu gucken und zu bremsen.

Man kann sich kaum etwas Schöneres vorstellen, um sie abzulenken, um ihnen eine Freude zu bereiten.

Wir gönnen es ihnen – auch wenn nichts passiert.

Und warten ab.

Wir winken.

Sie trauten ihren Augen nicht. Wir lachten, schwenkten unsere Slips. Wir konnten die Gesichter hinter der Windschutzscheibe sehen. Sie rasten unter uns hindurch. Frische, großzügige, freundliche Mädchen, die den Sommer spürten, die unter der heimischen Sonne blieben, den Reisenden aber etwas mitgaben, so rührend, so zart. Oder aber gerissene, hinterhältige Fotzen, die wussten, wie sie sie geil machen konnten – ihnen ihre flehende Spalte zeigten, die sie doch nicht berühren oder festhalten konnten, die in einem Seufzer, mit 120 Kilometern pro Stunde, an ihnen vorbeiglitt, was ihnen nur die Idee einer nackten unbekannten Möse gab, aber nicht die wirkliche Möse selbst, denn es waren vier, welche sollten sie auswählen, auf welche sollten sie sich in der Kürze der Zeit konzentrieren? Fotzen, Huren. Das waren wir vielleicht auch, so mir nichts, dir nichts vor ihren Augen. Schmerzlich war bloß, dass sie unter der Überführung hindurch und nicht auf ihr fuhren, sonst hätten sie anhalten, uns eventuell in ihrem Auto mitnehmen können, wenn sie nicht gerade mit ihrer Familie auf dem Weg in den Urlaub gewesen wären, mit ihrer Frau, deren Möse sie in- und auswendig kannten und schon längst satthatten, und ihren jammernden Kindern, vielleicht einer Tochter, die auch eine Fotze war, von der sie aber die Finger lassen mussten. Oder sie waren einfach nur froh, so etwas zu sehen zu bekommen, eine Art Gnade, ein Plus, an das sie die ganze Reise über denken konnten. Wie schön die erste Möse doch war, die ihnen da zufällig ins Auge gefallen war, vielleicht die von Ena.

Oder machten wir uns etwas vor? Was wussten wir schon davon, wie es hinter dem Steuer zugeht? Es würde noch ein paar Jahre dauern, bis wir Auto fahren durften. Vielleicht war es auch egal, was wir taten. Es war vorbei, ehe sie überhaupt richtig begriffen, worauf sie einen Blick erhascht hatten. Vielleicht betrachtete man die Dinge am Straßenrand vom Lenkrad aus anders, mit einem unvollständigen Blick. Vielleicht denkt so ein Autofahrer, dass er sich das einbilde, dass es an seinem eigenen perversen Geist liege, die Vorstellung, dass die Mädchen keinen Slip trugen, und dass er sich bloß wünschte, gesehen zu haben, was eigentlich nicht wahr sein konnte. Bei der Geschwindigkeit war alles möglich. So schamlos, so hinterhältig konnten wir doch nicht sein.

Über das, was wir wollten, machten wir uns keine Illusionen. Wir wollten die Leute herausfordern, sie ganz trivial zu einem Unfall verführen. Wir verfügten über alles, was sie nicht besaßen: Freiheit, Verrücktheit, Ungebundenheit, Mut, Zeit.

Sie hätten keine Wahl, sie würden gucken. Sie haben Arbeit, haben Familie, einen Ruf. Sie wissen, dass sie geradewegs auf den Tod zusteuern. Sie können nicht jede Frau ausziehen, von jungen Mädchen können sie nur träumen, oder es kostet sie Geld oder unsagbare Mühe oder ein schlechtes Gewissen. Unsere Mösen erinnern sie an ein Leben, das um Haaresbreite das ihre hätte sein können.

Wir winkten den Autos und hoben unsere Röcke.

Ich stand bequem, die Füße weit auseinander, ich ging sogar leicht in die Knie, damit alles zwischen meinen Beinen gut sichtbar war. Ich spürte den Luftstrom an den Schenkeln, wenn ein Lastwagen vorbeifuhr. Wir dachten schon nicht mehr an unser

Ziel. Mir reichte es bereits, zu provozieren, schlicht zu beweisen, dass wir etwas konnten, was sie nicht konnten, dass wir über diesen Mut und diesen Mangel an Scheu verfügten, ihre Tabus brachen, dass sie, um so etwas zu sehen, unserer Gnade ausgeliefert waren, wir brauchten nur unseren Rock loszulassen, und schon wäre es vorbei. Wenn jemand hupte, aufblendete oder winkte, streckte ich ihm die Zunge heraus. Ich brauchte ihre Ermutigungen oder ihren Dank oder ihre Entrüstung nicht. Ich stand über ihnen. Ich überlegte, mein Becken noch weiter nach vorn zu beugen und wie ein Junge von der Überführung hinunterzupinkeln. Dann tat ich es, ich pisste auf sie, einige würden ihre Scheibenwischer anschalten müssen. Später gab ich vor, mich selbst zu befriedigen, als würden sie mich erregen! Ich wollte sie nur weiter herausfordern, sie piesacken wegen ihres festgelegten Kurses, von dem sie nicht abweichen konnten, bis ihnen nichts anderes übrigblieb, als geil zu werden.

Wir waren Göttinnen, Furien. Ich hatte Spaß daran. Und plötzlich kam ein Auto von seiner Bahn ab, ich glaube, Femke ließ einen Furz. Der Aufprall folgte unmittelbar, der grüne Wagen hatte nicht aufgepasst. Dann schossen die Autos unter der Unterführung hindurch, wir hörten einen Knall, liefen gleich auf die andere Seite und sahen unseren Unfall, die Funken und das Feuer; und eine dicke giftiggraue Rauchwolke stieg vom Wrack auf, nur der Mann konnte sich retten.

Wespe

Später, über ein Jahr später.

Ich glaube, keiner von uns kann sich genau erinnern, wer die Idee zuerst hatte, wie er sie den anderen mitteilte und wie diese zustimmten.

Vielleicht schwebte sie in der Luft wie eine Wespe über einem Tisch, an dem gegessen und getrunken wird. Und vielleicht setzte sich die Idee einem von uns in den Kopf und blieb dort kleben wie eine Wespe an einem Rest Limonade. Geschickt drehte Karl das Glas um, und schon war das Insekt gefangen.

Wir sahen zu, wie die Wespe an der Glaswand hinaufkrabbelte und gegen den Boden stieß, der sie am Wegfliegen hinderte. Genauso surrte die Idee einem von uns in endlosen Kreisbewegungen durch den Kopf, bis sie langsam Gestalt annahm, die Gestalt eines Plans, der sich tatsächlich umsetzen ließ.

Vielleicht reichten wir die Idee und den daraus resultierenden Plan genauso vom einen zum anderen wie die Wespe. Wir drehten das umgekehrte Glas blitzschnell um, damit sie durch die Öffnung wegfliegen konnte, doch schon hielt wieder jemand ein Glas darüber und stellte dieses kopfüber hin, nachdem der andere das untere Glas weggezogen hatte, und das Insekt war aufs Neue gefangen. Diesmal war es ein Bierglas, danach eins, an dem noch ein Rest Kakao klebte. Jedes Mal sog die Wespe einen anderen Geruch ein. Sie blieb gefangen, nur ihr Biotop veränderte sich. Genauso muss der Plan in unseren Köpfen entstanden, gereift und schließlich für machbar erklärt worden sein. Ohne dass jemand es direkt ausgesprochen hätte.

Schließlich holte Thomas eine Pinzette aus seinem Rucksack – die, aus welchen Gründen auch immer, in seinem Federmäppchen steckte – und hielt die Wespe damit vorsichtig fest. Er steckte sie in die kleine durchsichtige Anspitzerdose, die normalerweise Bleistiftspäne enthielt. Wir beobachteten die Wespe dabei, wie sie wütend und ohnmächtig im Kreis herumkroch, der Stachel schoss immer wieder aus ihrem pulsierenden Hinterleib hervor. Ein kleines, bösartiges Tier mit einem unheimlich lauernden, rachsüchtigen Blick.

Am Nachmittag hatten wir uns mit ein paar Mädchen in der alten Scheune hinter dem Maisfeld am Erlenwäldchen verabredet. Dort konnten wir uns ungestört die Zeit vertreiben, eingelullt vom Rascheln und Flimmern des Lichts in den Blättern und dem Flattern und Rufen der Vögel. Manchmal kam es uns vor, als gehörte uns die Ewigkeit. Unsere iPods mit den White Lies, den Arctic Monkeys und Interpol unterbrachen unsere Träume und brachten uns in die Wirklichkeit zurück. Wir benutzten ausschließlich den kleinen Teil unseres Gehirns, der es uns ermöglichte, uns untereinander auszutauschen, und die Körperteile, mit denen wir uns gegenseitig festhalten und uns treten – oder uns streicheln und aus dem Staub machen konnten.

Als wir kamen, waren Sarah und Loesje bereits da. Sie hatten eine Decke ausgebreitet, auf der sie sich sonnten. Ihre Bikinis waren nicht der Rede wert, sie rechneten mit niemandem außer uns; in all den Monaten und Jahren, die wir schon herkamen, hatten wir hier noch nie jemand Fremdes gesehen. Wir hatten Getränke und Chips mitgebracht, Loesje setzte sich auf.

Ich habe Kuchen gebacken!

Jeder andere hätte Kuchen gekauft, aber Loesje hatte welchen gebacken. Sie lief zu ihrem Rad, das an einem Baum lehnte. Der Kuchen baumelte in einer Tüte am Lenker. Sie zeigte ihn herum, es war einer mit Schokolade und Apfelstücken. Kurz danach tauchten auch die anderen Mädchen auf. Wir tranken, aßen Chips und Kuchen, alberten herum, machten Spiele, Jens und Ena zogen sich in der Scheune in eine Ecke zurück. Karl erklärte Sarah geduldig eine Matheaufgabe, die sie am nächsten Tag in der Schule können musste.

Schicksalhaft vollzog sich dieser Nachmittag, doch das ließ uns gleichgültig: Jeder Tag im September konnte der letzte sein, an dem man noch den Hauch des Sommers spürte. Wir waren ausgelassen, unser Blut pulsierte, als wäre noch Frühling. Immer dachte sich einer von uns ein Spiel aus, bei dem unsere Körper – als Figur oder als Spielbrett – zum Einsatz kamen. Um uns gegenseitig jedes Mal von Neuem zu überraschen, spielten wir Spiele mit verbundenen Augen, denn das Sehvermögen stört, in dem Moment, in dem es etwas nicht erfasst. Von unseren fünf Sinnen ist das Sehen der konservativste.

Während Ena und Jens – für alle hörbar – Sex hatten, bereiteten wir uns auf unser nächstes Spiel vor. Bei unserer Ankunft hatte uns Sarahs und Loesjes zarte Nacktheit, anstatt uns zurückweichen zu lassen, nur noch neugieriger gemacht, und dadurch hatte sich das, was ursprünglich bloß ein vages Vorhaben, ein Jungenstreich gewesen war, von dem wir nach einigen unverzichtbaren Witzen, Drohungen und Angebereien wieder Abstand genommen hätten, zu einem Vorsatz ausgewachsen, auf den sich alle stillschweigend geeinigt hatten und den keiner von uns mit einem Wort erwähnen würde. Wir würden das Spiel zu Ende spielen und es bis zum Schluss als solches betrachten.

Wir warteten nicht, bis Jens und Ena fertig waren. Ohne, dass jemand auf sie gezeigt hätte, hielt einer von uns Loesje wie von selbst das Tuch hin. Eines der Mädchen band es ihr um. Sarah half ihr, sich mit dem Rücken auf die Decke zu legen, die verbundenen Augen der Sonne zugewandt. Von Anfang an hatten wir gewusst, dass es Loesje sein würde. Nicht die Tatsache, dass sie sich bei unserer Ankunft gemeinsam mit Sarah, aufrecht und mit halb entblößten Brüsten, gesonnt hatte, hatte den Ausschlag gegeben, es war weder eine Einladung noch ein Vorzeichen gewesen, sondern lediglich die Bestätigung all dessen, was bereits beschlossene Sache war, ohne dass wir uns je darüber verständigt gehabt hätten – nicht einmal mit Blicken. Wir wussten, wie beide nackt aussahen, welches Drängen ihnen Schauer über die Haut jagte, aber nur bei Loesje wussten wir, welches Wort sich unter ihrem seidigen Schamhaar verbarg.

Liegst du gut, bist du entspannt?, fragte Liesl.

Sanft schob sie Loesjes Knie auseinander und machte Thomas Platz, damit er sich zwischen Loesjes Beine setzen konnte. Wir beobachteten, wie er ihr den Slip, während sie ihre Knie anhob, über ein Bein zog und dann am anderen baumeln ließ. Er beugte sich zu ihren Brüsten hinunter und hakte das Bikinioberteil, dessen Verschluss sich auf der Vorderseite befand, auf. Jetzt war sie bis auf die Augenbinde nackt. So hatten wir sie schon oft gesehen, also konzentrierten wir uns auf Thomas' Hände. Wir sahen ihm dabei zu, wie er ihr mit drei Fingern die Schamlippen massierte. Er rieb so lange, bis ihre Klitoris ungeschützt dalag, sich die Schamlippen öffneten und den Blick freigaben auf die blassrosa Intimität ihres Fleisches, den leicht eingezogenen Ringmuskel, der ihre Scheidenhöhle wie ein feuchter, williger Mund verschloss. Zweifellos spürte Loesje, dass es Thomas' Hände waren, wohlwissend, dass er das nicht machte, um sie in Ekstase zu versetzen, sondern um das Spiel zu ermöglichen, bei dem sie erraten musste, was mit ihr geschah. Glänzend und sonnenbeschienen lag ihre Möse offen da. Wie beiläufig streifte Thomas mit einer flüchtigen Bewegung ihre Brustwarze.

Wir fragten uns schon, was jetzt kommen würde, als er die Dose und gleich darauf die Pinzette aus der Hosentasche holte. Sarah sah fragend auf die summende Dose. Als Karl beim Anblick ihrer gerunzelten Stirn den Finger an die Lippen legte, schlug sie die Hand vor den Mund. Thomas kehrte den Behälter, in dem die Wespe nach oben strebte, um und schraubte den Deckel auf, der nun nach unten wies. Mühelos bekam er die Wespe mit der Pinzette zu fassen. Bis auf Thomas und Loesje hielten wir nun alle einen Augenblick den Atem an. Die Wespe krümmte sich, schlug wüst mit den Flügeln, wir glaubten, sie vor Wut toben zu hören. Wir sahen, wie der Stachel an ihrem kugelig geschwollenen Hinterleib wie ein winziger schwarzer Dorn suchend herumtastete. Niemand sagte etwas, niemand rührte sich.

Unsere Bewegungslosigkeit muss so ungewöhnlich, so unnatürlich geklungen haben, unsere Stille so durchdringend gewesen sein, dass sie in der Abwesenheit jedes anderen Geräusches widerhallte. Offenbar merkte Loesje etwas, denn plötzlich fragte sie: Seid ihr noch da?

Vielleicht, weil sie Loesje von allen am wenigsten mochte, antwortete Liesl mit fester Stimme: Wir sind noch da, wir warten. Bist du bereit?

Worauf Loesje, ahnungslos unter ihrer Augenbinde, zustimmend nickte.

Wie auf ein Zeichen ließ Thomas die Hand mit

der Pinzette und der Wespe langsam sinken, vorsichtig bemüht, sie nicht entkommen zu lassen oder zu zerdrücken, bis sie zwei Zentimeter über Loesjes auseinanderklaffenden Schamlippen schwebte. Kurz hielt er in der Bewegung inne, drehte die Hand leicht hin und her, als wolle er sich vergewissern, wie sicher sie war, und machte schließlich weiter. Er zögerte, überlegte wohl, welche Stelle er als erste nehmen sollte. Während er die Hand auf Loesjes Schenkel legte, machte er eine Kopfbewegung, die wir sofort verstanden. Mit vorgestreckten Händen beugten wir uns zu Loesje herunter. Thomas hielt die zappelnde Wespe an ihre zitternde Vagina.

Loesjes erschrockener Aufschrei schallte wie der Ruf eines sterbenden Vogels über das Maisfeld, hallte vom Wald als Echo wider. Ihr Körper wand sich in einem wilden Krampf. Sie stieß das Becken in die Höhe, griff zur Augenbinde, doch wir drückten sie mit durchgestreckten Armen nieder, hielten sie am Boden. Thomas führte die Wespe an ihre Klitoris. Loesje schrie. Jens und Ena kamen aus der Scheune gerannt. Sarah stand noch immer da, sprachlos, die Hand vor dem Mund. Sie sah blass aus und zitterte wie Espenlaub. Thomas führte die Wespe zu Loesjes Brust, drückte sie an ihre Brustwarze. Wir konnten beobachten, wie sich der Hinterleib der Wespe krümmte, der giftig tastende Stachel ein bösartiges, messerscharfes Bild äußerster roher, sinnloser Grausamkeit. Die zarte und in diesem Augenblick auch zärtliche Brust mit ihrer vor Unschuld starrenden rosa Brustwarze bildete in ihrer vollkommenen Unterwerfung den ohnmächtigen, selbstlosen, vor jedwedem Zynismus gefeiten Gegenpol zu der vor Wut zitternden, manipulierten, zum Symbol willkürlicher, feiger Boshaftigkeit gereizten Wespe. Mehr noch als ihre Scham, die uns durch die Enthüllung ihres zumindest halb inwendig liegenden Wesens noch immer als etwas Gespaltenes, Heimliches vorkam und dadurch nicht vollkommen unschuldig schien. Schnell fuhr der Stachel zwei-, dreimal in die Brustwarze und den Warzenhof, bevor Thomas die Wespe mit der Pinzette zerdrückte und die beiden Hälften ins Gras warf.

Wie auf Kommando ließen wir die kreischende Loesje los, die sofort mit Armen und Beinen wild um sich schlug und trat, in alle Himmelsrichtungen austeilte und sich die Augenbinde vom Kopf riss. Erschüttert, weinend blickte sie uns mit roten Augen an. Sie sprang auf, rief nach Wasser, nach Linderung. Wir standen im Kreis um sie herum, Thomas zwischen uns, sie schrie.

Was war das, was hast du da gemacht?

Sie rieb sich die Brust, rieb sich zwischen den Schenkeln, doch wir reagierten nicht.

Beruhig dich, brüllte Thomas, es war ein Insektenstich, mehr nicht, stell dich nicht so an!

Loesje brach in Schluchzen aus und sank auf Knien ins Gras. Sie sah Thomas an. Da lag eine Duldsamkeit in ihrem Blick, die Liesls Verachtung nur weiter anfachte, – und sogar ein Flehen, den Schmerz doch zu stillen, oder ihr auf ein Zeichen von Thomas hin in anderer Form zu helfen. Wir sahen ihren Blick, und es war, als begriffe sie, dass ihr das widerfahren musste, dass die Gründe, die Thomas anführen würde, ihr einleuchteten, während wir wussten, dass von Gründen keine Rede war. Wir hatten einfach nur sehen wollen, was passierte, wie es wäre, mehr nicht. Das wussten wir jetzt, und fertig.

Loesje lag jammernd im Gras. Thomas kniete sich zu ihr, wir standen alle noch um sie herum, beugten uns vor, um besser sehen zu können. Ihre Brust war so stark geschwollen, dass es aussah, als würde ihre Brustwarze verschluckt. Diese war selbst derart geschwollen, dass die Brust als Ganzes sich zu einer unebenen Wulst verformt hatte, deren entzündetes, rotes Zentrum die Brustwarze war. Ihre Schamlippen und ihre Klitoris quollen hervor, ebenfalls rot und entzündet. Sie bildeten eine bizarre, überwucherte Schneise, ganz so, als wäre sie mit einem grob geschliffenen Messer zwischen ihren Beinen herausgeschnitten worden. Wir sahen Loesje an, wie schmerzhaft das war, wie sie versuchte, dem Schmerz zu entkommen, ihr jedoch nichts anderes übrigblieb, als ihn zu erleiden, ihn zu ertragen. Ihre Möse sah grässlich aus und war gleichzeitig doch auch begehrlich. Ein hässlicher, roher, grober Schnitt, der – pure Provokation, die er darstellte – einen tierischen, schmutzigen, rein triebhaften sexuellen Drang weckte. Eine Möse, bei der sich jede Rhetorik von

Erotik, Zärtlichkeit, Leidenschaft, Liebe und sonstigen noblen Gefühlen und Triebfedern, die uns im Gottesdienst und anderen moralischen Lektionen vorgehalten wurden, in Nichts auflöste. Und während wir um die gepeinigte, schluchzende Loesje geschart standen, und Thomas neben ihr kniend auf sie einredete, drang langsam – ohne dass jemand es in Worte fasste, da diese nicht nötig waren, da Worte die Dinge hinauszögern oder verschwinden lassen, ganz gleich, was Heidegger auch darüber schreiben mochte –, drang schließlich langsam die Erkenntnis zu uns durch, dass sich hier *eine Möglichkeit* auftat. Wir spürten, wie sie – Loesje und ihre Wunden in unserer Mitte – in der Luft hing, und wie wenig es brauchte, um sie zu verwirklichen.

Loesje wollte aufspringen und weglaufen, weg von dem Schmerz und dem Gift, oder nur laufen, sich bewegen, sich anstrengen, bis der Schmerz in der Erschöpfung abklang und nur noch die Erschöpfung wehtat – welche Kreise muss der Mensch ziehen, um sich selbst zu entkommen? Aber Thomas' Blick – oder war es seine bloße Anwesenheit? – hielten sie zurück. In Loesjes Augen erkannten wir eine Verzweiflung, *und sie akzeptierte sie.* Sie bemerkte, dass wir nur noch zuschauten.

Thomas klappte sein Taschenmesser auf.

Ich hole das Gift raus, sagte er ruhig.

Schnell, noch bevor sie begriff, was er vorhatte, und ein neuer Schrecken sie überfiel, machte er einen kleinen Schnitt in die Schwellung rund um ihre Brustwarze. Blut spritzte heraus. Thomas legte die Lippen an die Brust und saugte. Loesje stieß ihn wild von sich.

Hör auf damit, fuhr er sie an, halt still!

Er warf sie wieder ins Gras. Eine Blutspur lief über ihre Brust, als habe sie mit roter Milch gekleckert. Auch das verstärkte den Eindruck des Animalischen, den sie machte. Als hätte das Animalische in ihr sich einen Weg nach außen gebahnt. Als hätte das Schauspiel mit der Wespe nur dazu gedient, genau das bei ihr zum Vorschein zu bringen. Es war kein einziges Wort vonnöten, nicht einmal von Thomas.

Ein Insektenstich, mehr nicht, rief er ihr erneut zu, ich sauge das Gift aus.

Du tust mir weh, weinte sie.

Wie eine verwundete Hündin – auch das Wort kam in uns auf. Ihr Geheul schnitt jeden Rückweg ab, ja, es klang sogar wie ein Rufen nach Vollendung dessen, was bereits unwiderruflich begonnen hatte. Es waren weder ein weiterer Anlauf noch ein letzter Auslöser nötig, lediglich die erste Bewegung einer im Ansatz schon begonnenen Handlung fehlte noch. Vielleicht war es Sarahs hörbares Seufzen oder der Stoß, den Liesl einem von uns gab, oder die vulgären Hüftbewegungen Enas oder Thomas' ungeniertes Kratzen zwischen den Beinen – unsere Gruppe wurde von einem Zittern erfasst. Eine einzige Frage stand im Raum: Wer zuerst? Es war unmöglich, diese Frage zurückzuverfolgen, herauszufinden, ob sie jemand ausgesprochen hatte, und wenn ja, wer. Ob wir uns das nicht alle einbildeten, weil die Frage und die Wörter überhaupt keine Rolle spielten. Vielleicht war in dem Moment der Stoß erfolgt, der – beabsichtigt oder nicht – mit der Frage zusammenfiel. Karl drängte sich vor, oder er wurde gedrängt. Thomas zog sich zurück, während er das Taschenmesser zusammenklappte und wieder einsteckte.

Ein Insektenstich, wiederholte er, und sah Loesje dabei an, als hätte auch sein Blick einen Stachel.

Einen Moment war es still, war nur ein eingebildetes Echo des Weinens oder der Frage zu hören – oder das Gurren einer Ringeltaube. Dann hockte Karl zwischen Loesjes gespreizten Beinen und stieß seinen harten Schwanz in ihre malträtierte Scheide.

Loesje schrie, kreischte bei jedem Stoß. Wir beneideten Karl – was für eine gewaltige Erregung, die von den beiden ausging. Wie sie versuchte, unter ihm hervorzukommen, nicht so sehr wegen des Fickens selbst, denn das konnte sie wie keine Zweite, keinesfalls war sie darin Ena, Ruth oder Liesl unterlegen, aber wegen der Schmerzen, wegen des Gifts, das bei jedem Stoß weiter einmassiert wurde und sich bitter und beißend anfühlte, wie sie uns hinterher berichtete. Darum stimmten ihre Bewegungen nicht mit seinem Rhythmus überein, wie ich nach Karl selbst feststellte – aber da war ihr Widerstand schon fast gebrochen, wodurch das Ganze weniger überwältigend war; das wiederum hatte zur Folge, dass ich mich auf meine eigene Lendenarbeit konzentrieren und den Ritt in meinem Tempo beenden konnte –, ihre Bewegungen liefen dem Stoß-Rhythmus genaugenommen zuwider, sodass man sie nicht nur ficken, sondern gleichzeitig auch bezwingen musste, was zu einer tiefen, intensiven, immer wieder nach Auflösung strebenden Vereinigung führte. In dem Moment begriffen wir, wie schwer und was für ein Drahtseilakt das Ficken sein konnte – irgendwie bekamen wir auf einmal Ehrfurcht davor; dank dir, Loesje.

Obwohl alle, die nicht gerade dran waren, dabeistanden und zusahen, war es ein sehr intimer Akt. Die Schwellung von Loesjes Scheideneingang machte es schwer, präzise einzudringen, und sie bot Widerstand wie nie zuvor. Durch das ständige Gegeneinander unserer Bewegungen mussten wir sie möglichst genau und richtig vorwegnehmen. Wer den Genuss auf seiner Seite hat, macht das vielleicht geschmeidiger als jemand, der Schmerzen empfindet. Aber wer Schmerzen empfindet, ist zügelloser, weil er nichts erreichen muss, stattdessen entkommen will, während wir beide wussten, dass das eine nicht vorbeigeht und das andere nicht anhält. Das Intime ist immer sowohl innig als auch vergänglich.

Nachdem alle, die wollten, an der Reihe gewesen waren, lag Loesje leise wimmernd im Gras. Ihre Möse sah furchtbar wund aus, die weiche Haut an manchen Stellen offen. Auch ihre Brust war übel zugerichtet, und ihr Gesicht, das vor Erschöpfung von einer fahlen, geistesabwesenden Gleichgültigkeit gezeichnet war, war durch schmutzige Spuren von Tränen und Rotz entstellt. Liesl warf eine Decke über ihren zusammengekrümmten Körper. Sarah und Karl fuhren mit dem Motorroller zur Apotheke. Ena gab Loesje einen Bacardi-Breezer zu trinken.

Insektenstiche, sagte Thomas noch einmal verächtlich.

Ich hörte auf meinem iPod Queens of the Stone Age, hatte ein brennendes Gefühl an meinem Schwanz, und fragte mich, ob das Gift durch Loesjes Schleimhaut auf mich als Geschlechtskrankheit übertragen worden sein könnte.

Die Sonne berührte bereits die höchsten Baumspitzen.

Liesl und Jens brachen auf.

Auch Ena machte sich bereit. Sie mache sich auf den Weg zu einem Kunden, sagte sie.

Das würde Loesje wahrscheinlich eine ganze Woche lang nicht tun können. Wir dachten selten weit im Voraus. Karl kam allein aus der Apotheke zurück, Sarah war nach Hause gegangen. Ruth schmierte Loesje die Salbe auf Brust und Beine. Sie ließ es ergeben zu, erleichtert vielleicht, weil dies das Letzte zu sein schien, was wir mit ihr anstellten. Wir halfen ihr, sich anzuziehen. Sie schluchzte noch ein wenig, weinen konnte man das eigentlich nicht nennen. Sie hatte Mühe zu laufen, ging breitbeinig. Radfahren war unmöglich; mit dem Sattel zwischen den Beinen zu treten – diesen Schmerz würde sie nicht aushalten. Mühsam schob sie sich hinten bei Thomas auf den Motorroller.

Ich ging als Letzter.

Zuhause

Ich werfe meine Schultasche in eine Zimmerecke und kümmere mich nicht weiter um sie.

Lasse mich auf mein Bett fallen.

Es gibt nichts, über das ich nachdenken müsste, die Welt drängt sich mir von selbst auf.

Ich bin ein Mädchen und öffne mich ausschließlich für Dinge, denen ich mich öffnen will. Den Rest halte ich von mir fern.

Wie weit die Welt reichen darf, bestimme ich.

Die Tür fällt laut ins Schloss. Ich gebe auf meinem iPod die Stücke ein, nach denen mir der Sinn steht. Der Soundtrack zur Ruhe. Ich brauche keine Ruhe, sondern eine Pause. Eine Pause vom Lärm, von der Zeit. Andauernd zu leben ist anstrengend. Wenn ich mich nicht bewege, bewegt sich auch sonst nichts. Ich starre an die Decke, eine weiße Fläche, die Flecken beachte ich nicht. Das ist mein Leben, und dabei bleibt es.

Wenn die Zeit um ist, drei oder vier Stücke später oder ein paar mehr, ziehe ich die Stöpsel aus den Ohren, richte mich auf, die Decke verschwindet aus meinem Blickfeld. Ich sehe die Wände, die mich umgeben, das große Fenster, das sich wie ein Loch in mein Zimmer frisst, die Gärten dahinter, in denen die Nachbarn grillen, die gestutzten Hecken, die Klettergerüste, die Schaukeln für ihre Kinder. In dem quadratischen Viertel mit den quadratischen Häusern, den quadratischen Gärten, den quadratischen Stunden, dem quadratischen Wechsel der Jahreszeiten. Wir verpulvern drei Jahreszeiten am Tag, nur vor dem Winter fliehen wir in die Sonne.

Frau Lampe hatte mich gefragt, ob ich heute babysitten will. Ich habe das Gesicht verzogen.

Wären Sie einverstanden, wenn ich eine Freundin mitbringe? Frau Lampe hatte keine Einwände.

Ich lade Ena ein, mitzukommen.

Aus dem Haus ruft jemand. Meine Mutter.

Ich warte.

Sie ruft erneut.

Ich warte, bis ihre Stimme wütend und ungeduldig klingt. Ich lasse mir Zeit. Schließlich kommt sie die Treppe herauf und öffnet die Zimmertür. Sie sieht mich aus dem Fenster in die Ferne schauen. Sie findet mich passiv und antriebslos. Ich zucke mit den Schultern, ich kenne diese besorgten Worte, ich weiß, wie sehr sie mein Schulterzucken ärgert. Jedes Mal endet ihre Tirade mit der Frage, ob ich keine Hausaufgaben habe, oder ob ich endlich zum Essen käme. Dieses Mal ist sie froh, dass ich zum Babysitten gehe.

Ja, sage ich, na und. Ich zucke wieder mit den

Schultern. Bis sie endlich verschwindet, die Treppe hinuntergeht. Nichts ist passiert.

Eine Stunde später ist sie zufrieden, weil ihre Tochter beim Abendessen sitzt und sich um ihren kleinen Bruder kümmert; der erzählt von seinen Computerspielen, von denen weder sie noch Papa etwas verstehen, und ich gebe ihm Tipps, die ich wiederum von Karl habe. Papa faselt irgendwas über seine Arbeit und kleine Umbauten, die sie am Haus vornehmen wollen – ob ich mich nicht auch in irgendeiner Form *einbringen* möchte. Mir ist total egal, was sie mit ihrem Haus anstellen, ich hab nicht vor, viele Freunde hierher mitzubringen.

Ein Swimmingpool, schlage ich vor.

Als ich mich am Abend mit Ena auf den Weg zu Familie Lampe mache, sind meine Eltern wieder mit ihrem Tochterbild versöhnt. Ihre liebe Ruth, die mit einer Freundin zum Babysitten geht.

Wie leer, wie langweilig ihr Leben ist. Immer sind sie damit beschäftigt, ihre Existenz zu füllen. Mit Beförderungen, Herausforderungen, Plänen, Umbauten. Dem Glück ihrer Ehe, ihrer Kinder. Immer *ein und dasselbe* Leben.

Wir lachen, wir lachen uns tot, aber es gibt keinen Tod, wir lachen uns schlapp, der Tod ist was für Idioten, wir genießen die letzten Sonnenstrahlen, die zu uns durchdringen. Nicht wegen des Lichts, sondern wegen der Wärme, die sie noch abgeben, Pullover und Socken sind überflüssig. Die Luft ist erfüllt vom Verkehrslärm, vom Brummen der Rasenmäher und von allem, was am Himmel schwebt und nicht herunterfällt. Wir lachen über die Paare, die wir uns ausdenken: Karls Vater mit meiner Mutter, Enas Mutter mit meinem Vater, Thomas' Mutter mit Jens' Vater.

Wie sie es wohl tun würden, meine Mutter mit sich überschlagender Stimme, uhuhuh, bis sie kommt. Und Karls Vater, spürst du ihn, spürst du ihn, du dreckige Fotze, bis er kommt, viel zu schnell, weil er so gierig ist. Also darf er noch mal, während Enas Mutter meinem Vater einen bläst, hmwahmwahmwasnhartrschwwwnz, bis er ihr an den Gaumen spritzt.

Ob er noch genügend Energie dazu hat?

Wir lachen, denken uns immer neue Konstellationen aus, neue Handlungen. Damit ihr Leben weniger eintönig ist.

Der Junge schläft, er ist ihr erstes Kind. In ein paar Wochen feiern sie seinen ersten Geburtstag. Sie ist wieder schwanger, man kann es bereits sehen. Meneer und Mevrouw Lampe erklären uns, wo wir alles finden, in der Küche, im Wohnzimmer, im Bad. Gegen Mitternacht seien sie zurück, bestimmt nicht später. Wir haben alle Zeit der Welt. Als sie zur Tür raus sind und das Motorengeräusch ihres Autos verklungen ist, trinken wir einen Schluck Sherry, einen Schluck Cognac, einen Schluck Portwein, einen Schluck Brandy, einen Schluck aus jeder angebrochenen Flasche, die wir in der Bar finden. Mit dampfendem Atem streifen wir durchs Haus, ziehen Schubladen und Schränke auf, schnüffeln herum.

Das Schlafzimmer der Lampes. Die Unterhosen des Hausherrn, ihre Slips. Schwarz, blau, weiß, rosa, teuer und billig. Ein Paar Strapse, an denen noch das Preisschild hängt. Weil er sie gekauft hat und sie ihr nicht passen? Weil sich die passende Gelegenheit noch nicht ergeben hat? Der Originalpreis ist durchgestrichen, aus dem Schlussverkauf also, gekauft aus einer Laune heraus, sonst wäre das nie passiert.

Das Badezimmer, geräumig, mit großen Spiegeln, ihr Frisiertisch mit Ringen, Ohrringen, Armbändern, Halsketten, Dosen, Cremes, Puder, Lidschatten, Lippenstift in vier verschiedenen Rot- und Violett-Tönen, falschen Wimpern, Bürsten, Kämmen, Haarspangen, Pinseln, Slipeinlagen und Tampons. Nirgendwo Kondome, auch nicht in ihren Nachtschränken. Die haben sie immer dabei, oder sie brauchen sie nicht, schließlich ist sie schwanger. Wie tussig ihre Unterwäsche ist, ihr Frisiertisch, und ihre Schuhe erst, die wir in einem Schrank im Flur entdecken. Sie hat teure Reitstiefel, die mit ihrem flachen Absatz wie billige Vasen aussehen. Auf dem Buffet steht ein Hochzeitsfoto der beiden. Auch an diesem Tag sah ihr Bauch leicht rundlich aus.

Ein langweiliges Paar in einem langweiligen Haus.

Wir trinken beide noch einen Schluck Rum.

Das Haus der Lampes beschert uns kein Abenteuer. Wir haben alle Zimmer durchsucht, ohne Erfolg.

Noch nicht mal eine CD, die es wert wäre, gestohlen zu werden.

Was hören die eigentlich, alte Popmusik?

Die vier Jahreszeiten.

Na, dann schauen wir doch mal, was Meneer sich zuletzt im Internet angesehen hat. Offenbar planen sie Urlaub in China, Birma oder Vietnam. Alles ferne Reiseziele, in Asien. Oder ist das für seine Arbeit? Und Städtetrips: Budapest, Barcelona, Paris, Rom, Prag, Flugpreise, Hotels, Mietautos. Haben sie es satt hier? Brauchen sie Platz für ihr Glück, ihre *Zufriedenheit?* Endlich stoßen wir auf eine Pornoseite, damit ist es nicht weit her, sein Passwort finden wir nicht, aber die Mädchen, puh, dieses hat Ähnlichkeit mit dir, und die hier mit dir.

Komm!

Wir haben unsere Handys sofort parat. Wir benutzen die Designer-Stehlampe und den stylishen Sitzsack, den sie sich mit einem Zeitungsgutschein angeschafft haben. Ena zieht sich aus, ahmt die Pose nach. Gut ausgeleuchtet von der Leselampe, die ihr Schamhaar regelrecht aufglühen lässt. Ich drücke ab, zeige ihr das Ergebnis, noch ein Mal und noch ein Mal, bis wir restlos zufrieden sind, ihre geöffneten Schenkel, ihr Bauch mit dem Nabel-Piercing, ihre Brüste, ihr Hals bis zum Kinn, sodass ihr Gesicht außerhalb des Bildes bleibt. Während das Baby schläft, probieren wir eine zweite Pose aus. Und eine dritte. Wir treffen eine Auswahl, entscheiden uns für zwei Fotos. Laden die in seinen Computer, bearbeiten sie, bis sie genau unseren Vorstellungen entsprechen. Und speichern sie schließlich in einen seiner Ordner zwischen den Familienschnappschüssen ab. Wie viele Monate wird es wohl dauern, bis Meneer oder Mevrouw Lampe sie entdecken?

Alles in diesem Haus ist banal, haben wir schon hundertmal gesehen, zu Hause oder im Fernsehen. Das Baby schläft, die Zeit kriecht, gleich bekommen wir unser Geld von Mevrouw Lampe, wir haben keine Lust mehr, ihre Schubladen und Schränke zu durchwühlen. Wir haben bereits alles durchgenommen, wiedergekäut, wir lassen uns in einen Sessel fallen. Keine Ahnung, was jetzt noch kommen soll. Wir machen uns darüber lustig, wie sie mit offenem Mund dastehen werden – wie alle um uns herum. Auf dem Schulfest, bei dem die Lehrer, Eltern und Großeltern sich über unsere Köpfe hinweg unterhalten. Egal, wo wir hinkommen, überall stehen sie mit offenem Mund da. An der Bushaltestelle, im Café, in den Geschäften. Wenn sie lachen, wenn sie gähnen, wenn sie in ihre Butterbrote beißen oder auch nur den Mund aufmachen.

Achte mal darauf.

Wir lachen uns scheckig.

Dass ihnen das Leben nicht im Halse steckenbleibt.

Doch den richtigen Biss, den haben sie verloren, und trotzdem machen sie sich keine Sorgen.

Mit unverhohlener Verachtung wenden wir uns ab. Alles, was wir von ihnen lernen konnten, haben wir bereits gelernt. Ihnen bleibt nichts mehr, wir machen jetzt alles auf eigene Faust.

Siehst du das? Die Hälfte dieser Münder hat falsche Zähne.

Natürlich, wenn man erst mal darauf achtet …

Dort ist einer, da noch einer.

Jedes Mal, wenn sie lachen, zubeißen oder gähnen. So viele Menschen, vierzig oder älter, die ein falsches Gebiss tragen. Das falsche Lachen, der falsche Biss. Nur hinzugucken ist schon unangenehm, zu perfekt, zu glatt, *zu* unecht, ihr gegipstes Lächeln, ihre aneinandergereihten, charakterlosen Zähne, verdorben, verweichlicht.

Raubtiere ohne Zähne gehen unter, sie jedoch halten sich falsch und feige über Wasser. Klammern sich fest an ihrem banalen Leben.

Sollen sie uns am Arsch lecken, wir haben unser eigenes.

Das Baby schläft.

Liebe und Glück

Ich befinde mich ganz unten am Boden.

Was wohl unter dem Boden ist?

Keine Ahnung, ich sitze darauf.

Ist das das Leben?

Das ist das Leben. Darüber denke ich nach.

Denken ist endlos, hört nicht auf.

Jedenfalls berühre ich den Boden, und denke nicht

weiter, ich bin ja nicht dumm. Ich denke nur ab und zu – darauf gebe ich acht.

Ich nahm mir vor, das Leben als Spiel zu betrachten. Das Leben ist ein Spiel, das hatte ich gelesen.

Ich las Bücher, verschlang sie. Doch das hatte ich über, ich wollte leben, spielen.

Früher habe ich immer gespielt; wenn ich mich recht erinnere, habe ich die ganze Zeit über nichts anderes gemacht als immer nur gespielt: mit Lego, mit Playmobil, Figuren gebaut, Leben erschaffen. Das war früher. Was hat sich geändert? Aus den Figuren sind Menschen geworden, weiter nichts. Das versuche ich zu lernen: nur hin und wieder zu denken, gerade genug, um dem Spiel eine neue Wendung zu geben, weiter nichts, dazu ist das Lernen doch da. Dann dreht sich die Welt wieder weiter. Ich darf nicht denken, dass ich mich am Boden befinde. Der Boden verschwindet nicht, nichts verschwindet durchs Denken. Im Gegenteil, es beschwört Dinge herauf. Also muss man das Denken mäßigen, sich von Zeit zu Zeit an die Seitenlinie stellen. Aber auch mitmachen, am Spiel teilnehmen, es mitbestimmen.

Ich lernte Mathe, Französisch, Latein, Griechisch, Chemie, Physik, Biologie, den ganzen Kram, genug, um ein Ausreichend zu bekommen, ohne mich kaputtzumachen. Das war die einzige Art, die Tage ohne Gemecker zu überstehen. Meinen Eltern wäre es lieber gewesen, wenn ihr tüchtiger Sohn bessere

Leistungen erbracht hätte – zumindest in den Hauptfächern mehr als ein Ausreichend. Mein Vater äußerte das, wenn ich bei ihm war, meine Mutter, wenn ich bei ihr war. Sie waren frisch geschieden, es war noch ganz neu. Ich hatte alles mitbekommen, war aber machtlos, es war ihre Liebe, und sie wollten mich heraushalten, mich schonen, aber was war ich denn? War ich etwa nicht ihre Liebe oder besser gesagt: die daraus entstandene Frucht? Wie verhält sich die Frucht zum Baum? Der Baum lässt sie fallen. Das wusste ich. Von Zeit zu Zeit an die Seitenlinie, das hatte ich kapiert. Ich war dabei, als sie versuchten, alles in den Griff zu bekommen, in der Küche, im Wohnzimmer, nur im Schlafzimmer nicht. Ich ließ sie machen. Wenn die Liebe abgelaufen ist – wie käme ich dazu, sie wieder zum Laufen zu bringen? Das war ihre Aufgabe. Doch sie taten es nicht, zogen stattdessen andere mit hinein, regten sich gegenseitig auf. Ich durfte entscheiden, bei wem ich wohnen wollte. Meine Mutter blieb in der gemeinsamen Wohnung, also blieb ich bei ihr. Ich sehe meinen Vater ein- oder zweimal in der Woche, das regele ich selbst. Meine Mutter hat einen neuen Freund. Er bedeutet mir nichts, er gehört zu ihrem Leben, und das gönne ich ihr, aber ich mache da nicht mit, das ist mein Boden unter den Füßen.

Auch die Freundin meines Vaters lässt mich kalt. Manchmal bin ich nett zu ihr, dann wieder nicht. Wovon das abhängt? Von nichts Bestimmtem. Es verunsichert sie nur, auch meinen Vater, und das verschafft mir ab und zu einen Vorteil, mehr steckt nicht dahinter; sie ist in Ordnung. Das bereitet mir keine schlaflosen Nächte, so weit geht das nicht.

Von Zeit zu Zeit bringe ich jemanden mit nach Hause, meistens gehe ich irgendwohin mit. Ich habe keine Lust auf Kommentare über meine Freunde, was wir machen und wie wir rumlaufen, gelangweilt, desinteressiert, als wäre das Leben eine Strafe. *So what?* Wir machen, wozu wir Lust haben, die haben doch keine Ahnung. Ab dem ersten feuchten Traum ist man sowieso nicht mehr zu retten. Wir lieben die Spiele, die wir spielen, warum sollten wir etwas daran ändern? Niemand hätte geglaubt, dass es irgendwann einmal schiefgehen könnte.

Wir verschieben unsere Grenzen immer weiter. Man muss sie erreichen, um sie verschieben zu können.

Wie hält man sich die Langeweile vom Leib?

Indem man ihr zu Leibe rückt, das taten wir buchstäblich. Wir zwangen niemanden, luden nur ein. Jeden Tag galt es, vierundzwanzig Stunden zu überstehen, von denen wir zehn verschliefen – die restlichen vierzehn gähnten wir ununterbrochen. Wir rückten ihnen zu Leibe, damit amüsierten wir uns, das war unsere Entdeckung: Dass das Leben – im Grunde seines Wesens – einfach ist, und dass man sich das immer vor Augen halten sollte, auch wenn es kompliziert aussieht. Dazu nutzten wir eine heruntergekommene Scheune auf einem verwilderten Grundstück. Wahrscheinlich war die Scheune dort illegal errichtet worden; die Arbeiten waren noch vor ihrer Beendigung eingestellt, die Pläne aufgegeben worden, deshalb interessierte sich niemand mehr dafür. Karl hatte die Scheune gefunden, das heißt, er hatte einen Blick auf sie erhascht. Das Grundstück lag außerhalb des Dorfes, zwischen Feldern und Weiden am Waldrand. Drum herum waren junge Bäume und Sträucher aufgeschossen, dahinter standen sechs oder sieben größere Bäume, Weiden, glaube ich. Die Scheune lag gut versteckt, den Blicken entzogen, leer, verlassen. Das nutzten wir aus. Wir wischten den Staub weg und schleppten alte Teppiche, Kissen und Matratzen herbei. Es war Frühling, und wir gingen am frühen Abend nach den Hausaufgaben dorthin. Schon allein die Verborgenheit dieses Ortes reichte uns. Wir blieben in der Dämmerung dort sitzen und kehrten anschließend wieder heim.

Wozu?

Um wieder hierher zurückzukommen.

Später zogen wir uns dorthin zurück, um miteinander Sex zu haben. Es war urwüchsig dort, und es gab keine unerwünschten Zuschauer. Abgesehen von den Dingen, die wir selbst dorthin brachten, erinnerte uns nichts an zu Hause oder den Rest der Welt. Genau das brauchten wir. Und wir erzählten niemandem davon. Wir suchten uns sogar einen Schleichweg durch den Wald. Niemand störte uns dort, besser ging es nicht. Die kaputten Fenster verhängten wir mit Decken. Eigentlich war die Scheune vor allem für eins gut: um dort zu liegen und herumzuhängen. Es gab keine Stühle, keinen Tisch, keine Garderobe, keinen Schrank. Wir legten uns automatisch hin.

Oder wir krochen auf Händen und Füßen über die Matratzen. Es geschah wie von selbst.

Natürlich spielten wir oft auf unserem Computer, wir hatten Spielkonsolen, ein Handy, wegen jeder Kleinigkeit schickten wir uns eine SMS, die Welt war nie weit weg, jederzeit konnte man einen Anker auswerfen, sich an die Seitenlinie stellen. Wir hatten alle einen iPod, manchmal hörten wir stundenlang Musik, jeder seine eigenen Stücke, dabei lag meine Hand auf Femkes Brust und Femkes Hand auf meinem Schwanz. Denn das wirkliche Leben war doch der Körper des anderen, das hatten wir längst kapiert.

Karl war ein Held beim Onlinespiel MegaTycoon. Er errichtete ganze Firmen und kleinere Betriebe, Bäckereien, Motorroller-Shops und Kneipen, er arbeitete sich in politische Parteien hinein, verfasste Vorschläge, organisierte Protestaktionen, machte Schlagzeilen, er betrog Unternehmen, erpresste sie, verdiente Geld wie Heu, kontrollierte Utrecht und Antwerpen, war Teil von Verbrecherkartellen, überfiel Deventer, Hasselt und Amsterdam, und wir unterstützten ihn, berieten ihn, er war einsame Spitzenklasse in diesem Spiel, und dennoch: Es hatte keinen Bestand. Wenn wir aufhörten, uns darüber zu unterhalten, war alles vorbei. Das waren doch nichts als Pixel und digitale Illusionen. Mit Thomas und MediaConcern war es dasselbe, egal, wie viele Punkte er bei Kings of Chaos, Cyclingmanager, Street Car, Football Career erreichte – alles nur Pixel und digitale Illusionen. Doch Liesls Körper und unsere Hände waren wirklich. Unsere Orgasmen waren es. Ein Mädchen feucht werden zu lassen und Ena befriedigen und lecken zu können, bis sie die Matratze einsaute, das war wirklich. Wir kannten jeden Pixel von Enas Haut.

Wir waren eine Gruppe Gleichgesinnter, ob wir Freunde waren, sei dahingestellt, auf jeden Fall eine Gruppe von Kameraden, vielleicht waren wir auch alle Einzelgänger, die – um es mal so auszudrücken – gerade durch diesen Individualismus *kollektiv* miteinander verbunden waren.

In der Schule verloren wir kein Wort darüber, weder über die Scheune noch darüber, was wir dort trieben, noch über unsere Pläne. Auch nicht unseren richtigen Freunden gegenüber. Jeder von uns besuchte eine andere Schule, wir gingen zudem in unterschiedliche Klassenstufen. Karl und Thomas verstanden kein Wort Griechisch, ich konnte dafür keinen Lichtbrechungsindex berechnen und keinen Lötkolben bedienen. Wir gingen davon aus, dass die Schule keinen Einfluss auf unsere Zukunft haben würde. Wir schwänzten den Unterricht, ohne das geringste schlechte Gewissen, und zogen jeder für sich in einem Bogen ums Dorf zur Scheune, wo wir – fern von der Außenwelt – unsere Freiheit in doppelter Hinsicht genossen: Denn alle anderen waren in der Schule oder bei der Arbeit, und niemand kümmerte sich um uns. Per Telefon blieben wir dank unserer Mitschüler in Sachen Unterricht und Hausaufgaben auf dem Laufenden, sodass uns das Schwänzen nicht mal Nachteile brachte. Die Tür hatten wir mit einem Vorhängeschloss gesichert. Thomas und Ruth hatten jeweils einen Schlüssel, der dritte, von dem nur wir wussten, war in der Nähe eines Baums versteckt.

Manchmal ging ich allein dorthin und las Žižek und Finkielkraut, während ich Max de Wardener oder LCD Soundsystem hörte. Es war super, und keiner von uns rechnete damit, dass es jemals schiefgehen könnte. Wir waren nicht verliebt. Jedenfalls nicht ineinander. Wir waren verliebt in das Leben und in das, was das Leben am greifbarsten macht, den Körper, den Körper des anderen.

Die Liebe interessierte uns nicht – die würden wir später schon noch kennenlernen, wenn es an der Zeit war, an sie zu glauben. Anfangs waren es nicht mehr als Spielereien: Spielchen, Verstecken, Fangen – auf dem Level, vom Digitalen wieder zurück zum Körperlichen, ohne den Ernst, die Batterien, den Wettstreit, die Leistungen. Es fing ganz kindlich an.

Wer hat den Längsten?

Wer kann am weitesten pinkeln?

Wer kann am besten zielen?

So fing es an.

Wer hat die dicksten Brustwarzen?
Wer kann am längsten küssen?
Wer kommt am schnellsten?
Wer spritzt am meisten?

Nicht um anzugeben oder einen anderen auszulachen, nur um einen Vorwand zu haben, eine Zielsetzung, eine Gelegenheit, einen Penis festzuhalten, sei es auch nur mit einem Zentimetermaß, oder eine Brustwarze zu berühren, sei es auch nur mit einer Messschraube, die Thomas zu diesem Zweck aus der Schule mitbrachte. So fing es an, rein um des Vergnügens willen, als eine Art Gesellschaftsspiel, Geschicklichkeitsbeweis, Verschnaufpause, als Zeitvertreib. Auf diesem Level, ohne weitere Absichten. Es hatte mit Sex zu tun, damit, etwas zu entdecken, auf Grenzen zu stoßen und sie zu verschieben, zu experimentieren, ohne große Gefühle zu entwickeln; dabei respektierten wir einander, wir wären füreinander durchs Feuer gegangen – es war die reine Freude, Entspannung pur. Eines Abends penetrierten wir einander, ohne dass wir uns hätten fragen müssen, es geschah von selbst, Ena war, glaube ich, die Einzige, die darum bat, Thomas besorgte es ihr, und wir anderen folgten ihrem Vorbild. Mit Penetrieren meine ich, dass die Mädchen es auch bei den Jungen taten: zunächst mit den Fingern, so wie wir bei ihnen, doch schon bald verwendeten wir Gegenstände, Wurzeln, ein Feuerzeug, eine Fahrradpumpe, eine kleine Colaflasche – wir liebten die Abwechslung, das Neue. Jens brachte einen Dildo mit, den er zu

Hause gefunden hatte, niemand würde ihn dort vermissen.

Der klingt ja wie ein Rasierapparat, so wie der brummt.

Wir strichen uns mit ihm über die Wange und den Mädchen über die Schenkel.

Dann verbanden sie uns die Augen, und wir mussten raten, aus welcher Möse der Dildo kam.

So fing alles an.

Niemand dachte darüber nach, dass das auch außer Kontrolle geraten könnte. Wir vertrauten einander, waren durch diese Spiele miteinander verwachsen. Wir trieben es gerne und behielten alles für uns.

Es war klasse, wie unbesorgt wir miteinander vögelten, uns befriedigten, leckten, uns bespritzten und anpissten, während Freunde und Mitschüler ihren Verflossenen hinterhertrauerten oder sich nach ihrem Liebsten sehnten, unsere Eltern sich mürrisch und zerschlagen in Ruhe ließen oder über ihren Seitensprung ausweinten. Für uns war die Welt das, was wir aus ihr machten – so war das: Wir waren glücklich, ganz im Sinne Martha Nussbaums.

Wir waren nicht süchtig nach Sex, manchmal unternahmen wir auch einen ganzen Abend lang gar nichts, rührten uns nicht an, lauschten unseren iPods, spielten Siedler von Catan, Monopoly oder Risiko, betrachteten den wachsenden Mais, das Glühen der untergehenden Sonne, veranstalteten eine Kissenschlacht, zankten und rangen miteinander, mieden dabei jedoch die erogenen Zonen der anderen, nicht immer hatten wir Lust. Oder wir erzählten uns Geschichten, Unsinn, dachten uns Sachen aus.

So lief das, das ist kurz zusammengefasst die ganze Wahrheit.

Nicht immer waren wir alle gleichzeitig in der Scheune, wie schon gesagt. Manchmal waren wir zu zweit, manchmal zu dritt. Das machte keinen Unterschied, wir hatten keine Vorlieben, nicht dass wir darauf bestanden hätten, schließlich waren wir nicht päpstlicher als der Papst. Unser Verlangen, unsere Bedürfnisse mussten nicht synchron sein.

Ich war mit Liesl allein, wollte die letzten Seiten Rimbaud lesen. Das tat ich auch, während sie die ganze Zeit über meinen Penis im Mund hatte, an ihm lutschte, meine Hoden knetete. Ich ließ es zu, berührte sie nicht einmal, sie benutzte meinen Schwanz als Kuscheltier, mehr nicht. Als ich mein Buch zuklappte, knöpfte sie meine Hose zu. Wir blieben noch eine Weile sitzen, redeten, standen schließlich auf und gingen nach Hause. Mehr nicht.

Markt

Für uns war es wie ein Quiz: Einer von uns musste mit verbundenen Augen erraten, welchen Gegenstand wir bei ihm einführten – in die Vagina, den After, den Mund. War ein Junge an der Reihe, schoben wir ihm etwas in den Mund oder den After, einem von uns legten wir eine Briefmarke unter die Vorhaut, ohne dass er es erriet. Manche Mädchen rieten absichtlich falsch, um die Spannung zu steigern.

Es hat uns allen gefallen, es machte Spaß, wir dachten uns die verrücktesten Sachen aus und verfeinerten das Spiel immer weiter, indem wir stets mehr Details einforderten – wem gehört der Kuli, welche Marke? Alles in Reichweite kam zum Einsatz: geschälte und ungeschälte Bananen, Streichhölzer, Senf, ein Riegel Schokolade, ein abgenagter Hühnerknochen, ein Ring, eine Erbse, eine Muschel, ein Schwanz, aber wessen?, ein Finger, welcher? (Daumen? Zeigefinger?), und wem gehörte er?, ein iPod, ein Strohhalm (manchmal pusteten wir hinein), ein Mehrfachstecker, ein Verlängerungskabel, Hundefutter, Schraubenzieher, ein Taschenmesser, Korkenzieher, Socken, Rhabarber, eine Brille, Münzen, Zigaretten, Blumenzwiebeln, Schnürsenkel, ein kaputter Reißverschluss, Maschinenteile – einfach alles, was irgendwie in die eine oder andere dehnbare Öffnung passte. Am meisten Spaß machte es bei den Mädchen, und am liebsten nahmen wir ihre Möse; auf allen vieren reckten sie ihr Hinterteil in die Luft, sodass sie weit geöffnet waren, und wir führten behutsam etwas ein. Damit die Mädchen hinterher auch etwas davon hatten, filmten wir das Ganze mit unseren Handys. Keiner kam auf die Idee, dass es schiefgehen könnte.

Es mag leichtsinnig gewesen sein, Korkenzieher oder Schraubendreher zu verwenden, aber wir warnten sie: Nicht bewegen, pass auf, sei vorsichtig. Nur Ruth trug einen Kratzer an ihrer Schamlippe davon, auf den wir anschließend alle einen Kuss drückten, auch die Mädchen. Dass wir immer übermütiger wurden, lässt sich nicht leugnen. Wir wurden außerdem kräftiger, geschickter, vielleicht selbstbewusster oder aber vorlauter, und aufreizender. Noch immer waren das Spiele für uns, doch wir dachten auch an Geld – um das Spielen auf ein anderes Niveau zu heben, es auszuweiten, in die Außenwelt einzubinden. Instinktiv begriffen wir, dass wir unsere Chance nutzen mussten. Und die ergab sich, weil wir sie planten. Wir erinnerten uns an den Autobahnunfall.

Eigentlich ist es ganz einfach, es geht um Knappheit, um Angebot und Nachfrage, darum, Handel zu *treiben.*

Ruth und Femke trieben Handel mit Badeperlen, Badeöl, Shampoo, Bodylotion, Gesichtscremes und Geishakugeln. Letztere boten sie an, um der übrigen Auswahl einen exotisch-erotischen Anstrich zu geben. Die Wirtschaftslehrerin hatte nur widerwillig zugestimmt. Zwar war an der Argumentation ihrer Schülerinnen nichts auszusetzen, trotzdem entsprach das nicht dem Image der Schule.

Jens war auf die Idee gekommen. Die Kugeln kauften nur wenige Mütter, Tanten oder andere Bekannte, die übrigen Produkte hingegen wurden sie schnell los. Die Mädchen machten Gewinn. Die Geishakugeln benutzten Ruth und Femke selbst. Sie kauften die Produkte über die Schule ein, alles ganz offiziell, doch Jens half den beiden mit einer doppelten Buchführung. So konnten Ruth und Femke Mitschülern und Lehrern einen Großteil ihrer Ware auf eigene Rechnung verkaufen. Die Wirtschaftslehrerin bekam nichts davon mit.

Auch das war ein Spiel, wie Age of Empires, wie unsere eigenen Spiele, so wie bei Karl Popper, schließlich hörte ich nicht auf zu lesen.

Geld bekam auf einmal eine neue Bedeutung für uns. Wir hatten immer Taschengeld bekommen. Seit meine Eltern geschieden waren, kriegte ich es sogar doppelt. Nur Thomas', Jens', Ruths und Liesls Eltern waren noch zusammen. Geld war immer selbstverständlich gewesen. Wenn unser Taschengeld nicht für ein neues Spiel oder ein Geschenk reichte – ich hatte einen kohlrabenschwarzen Slip und Strapse für Femke gekauft –, klauten wir kleinere Beträge aus dem Portemonnaie unserer Eltern. Das allein brachte uns noch lang nicht vom Pfad der Tugend ab. Bei uns zu Hause wusste keiner, was wir alles trieben.

Geld, so stellte sich heraus, besaß eine Eigenschaft, die uns vorher nicht sonderlich aufgefallen war: Es ließ sich verdienen, oder besser gesagt: generieren.

Ich musste über den armen Popper lachen, darüber, wie er mit der Demokratie und mit der Erkenntnis rang. Wir brauchten keine Autorität, um drei einfache Worte – Knappheit, Angebot und Nachfrage – zu kombinieren, mussten nicht überprüfen, ob diese Worte sich als wahr oder falsch erwiesen, sie ließen sich anwenden, und das genügte uns. Ob wir damit Menschen unglücklich machten? Niemand wurde gezwungen mitzumachen. Im Gegenteil, wir waren es, die in dieser Gesellschaft gezwungen waren zu funktionieren.

Die Computerspiele hatten uns die Mechanismen als solche gelehrt – Karl hatte nie ein Unternehmen geführt, geschweige denn einen Motorroller verkauft, trotzdem wusste er alles über Marktstrategien, Manipulation, Investitionen und darüber, wie man Gewinne erzielte.

Es war ganz einfach – mit dem zusätzlichen Geld konnten wir einen Motorroller kaufen, eine Lederkorsage für die Mädchen, ins Kino und zu Festivals gehen, wann immer wir wollten, ich leistete mir Bücher, wir alle trugen Schuhe, die selbst Thomas' Eltern zu teuer waren, wir aßen und tranken, worauf wir gerade Lust hatten: Pizza, Hamburger, Frühlingsrollen, Bacardi-Breezer, Gin, Mojitos usw.

Erstaunlicherweise waren wir nicht eher darauf gekommen, dabei hatten wir immer schon alles zur Hand gehabt, von Anfang an.

Wir waren zu träge gewesen, zu verwöhnt, hatten uns, anstatt über den Tellerrand zu blicken, mit dem begnügt, was uns zur Verfügung stand – die Scheune, die Spiele, wir selbst, unsere Unbekümmertheit. Wir hatten die Außenwelt für einen Bildschirm gehalten, wie wir ihn vom Computer kannten – einen Bildschirm, auf dem man, wenn man das richtige Programm wählte, einen Autobahnunfall zu sehen bekam. Jetzt drang zu uns durch, dass wir auch mit der Außenwelt interagieren konnten.

Thomas, Jens oder Karl würden das zweifellos anders ausdrücken, ich lese zu viele Bücher, das färbt ab, ob man will oder nicht.

Wir wussten, wie's funktioniert und kannten uns mit Geld aus, wir mussten nur noch den Abstand zwischen den beiden überbrücken, zwischen unserem markttauglichen Rohstoff und unserem Produkt, das wir auf den Markt zu werfen gedachten. Ich glaube, der Vorschlag kam von Jens, er sprach als Erster aus, was längst in der Luft lag. Und es war Ruth, die ihn darin sofort unterstützte.

Nicht die Knappheit bildet die Grundlage. Knappheit verweist auf einen fiktiven Zustand, der durch blinde, sture Fixierung real wird. Es müssen nur genügend Menschen der Überzeugung sein, es herrsche Mangel; aus dieser Überzeugung entsteht die Frage, was denn fehlt. Und es liegt am Unternehmer, darauf eine Antwort aus dem Hut zu zaubern.

Das erste Produkt des Unternehmers ist die Knappheit selbst, mit anderen Worten: der Markt. Für alles, was im Überfluss vorhanden ist, gibt es keinen; für etwas, woran kein Mangel herrscht, auch nicht. Der Markt entsteht erst durch die Verknappung, denn genau in dem Moment beginnt das Spiel von Angebot und Nachfrage.

Doch wir mussten nicht bei null anfangen. Der Markt war da, wir brauchten lediglich ein Angebot zu machen und abzuwarten, was es uns einbringen würde.

Natürlich sollte das Ganze ein Spiel bleiben, eines, in das wir die Außenwelt einbezogen.

Das Spiel wäre in dem Moment für uns gelungen, in dem die Außenwelt darauf hereinfiele. Und daran hatten wir keinen Zweifel, das hatten wir auch schon mit der Autobahn hinbekommen.

Da wir die Scheune nicht aufgeben wollten, suchte ich in der Stadt nach einem geeigneten Ort, doch schließlich erschien es uns am einfachsten, tagsüber mein Zimmer bei meinem Vater und seiner Freundin zu benutzen, während beide außer Haus arbeiteten. Es war ein kleines Zimmer mit einem Klappbett darin, ich übernachtete nur ein- oder zweimal in der Woche dort, wenn überhaupt. Ich hatte keinen Schlüssel, also ließ ich mir einen geben, und ich nahm Bücher von Sartre und Saramago mit – die Freundin meines Vaters würde sie kennen, und das machte sicher einen guten Eindruck. Obwohl wir dort zur Schule gingen, war die Stadt ein anonymeres Pflaster für uns. Thomas schaltete eine Anzeige, Jens kümmerte sich um eine Webseite. Wir legten Geld zusammen für zwei zusätzliche Handys. Das reichte, der Mechanismus konnte in Gang kommen. Unsere Rohstoffe waren die Mädchen und unsere

Produkte junge, erfahrene Mösen, darunter die einer hübschen Farbigen. Strenggenommen brauchten wir das Geld gar nicht, unsere Eltern, ob sie geschieden waren oder nicht, hatten genug. Nein, es war ein Spiel – wie alles in dieser Gesellschaft für Menschen mit genügend Kohle.

Spannend.

Beim ersten Mal.

Entspannt. Es tut nicht weh.

Absolut.

Und zahlt sich aus.

Beim ersten Mal stieg Ruth in ein Auto, wo sie es auch tun wollte. Sie ließ ihr Handy an (niemand außer uns kannte die Nummer). Ruth sollte den Wagen in eine leerstehende Garage lotsen, die ich entdeckt hatte. Sie befand sich hinter einem seit Monaten geschlossenen Waschsalon, keine Menschenseele ließ sich um diese Uhrzeit dort blicken; zwar lag die Garage im Blickfeld einiger Wohnungen und sie ließ sich nicht abschließen, doch das Risiko gingen wir ein. Schließlich würde der Typ im Wagen größeren Ärger bekommen als wir, falls es Probleme gab – immerhin war Ruth noch keine sechzehn, auch wenn man ihr das nicht ansah. Karl folgte dem Auto mit seinem Roller. Er hatte das zweite Handy. Ruth versuchte ihn im Rückspiegel im Auge zu behalten, verlor ihn jedoch rasch aus dem Blick.

Wir waren neugierig, was beide zu berichten haben würden. Ruth war an einer Kreuzung eingestiegen, von der aus wir ihr in zwei unauffälligen Gruppen heimlich hinterherwinkten. Danach setzten wir uns auf eine Caféterrasse und warteten. Wir machten Witze und stellten allerlei Vermutungen an – dass der Typ keinen hochbekäme, dass er zu früh abspritzen würde, nicht bezahlten wollte, dass Karl sich mit ihm prügeln müsste, dass er Ruth entführte, dass schon alles gutgehen würde. Es dauerte keine Stunde, dann war Ruth wieder da. Der Typ hatte sie ein Stück hinter der Kreuzung wieder ordentlich abgesetzt. Mit festem Schritt kam sie auf uns zu, ein verschmitztes Lächeln auf den angemalten Lippen. Karl tauchte von der anderen Seite auf. Sie setzten sich gleichzeitig hin. Ruth legte ohne Umschweife die Scheine auf den Tisch.

Rein technisch war es genauso wie mit einem von euch, meinte sie. Aber ich musste mich erst dran gewöhnen, ich hab so getan als ob, vielleicht hab ich ein bisschen übertrieben, ich war schon ganz schön nervös. Einen Moment hatte ich Angst, mich zu verkrampfen. Schließlich hab ich mich auf ihn gesetzt, das hat mir das Gefühl gegeben, die Situation besser im Griff zu haben. Ihm hat's gefallen, glaub ich. Dabei hab ich ihm noch die Hose eingesaut, als ich das Kondom abgemacht habe.

Karl erzählte, er habe Ruth bis zur Garage keinen Moment aus den Augen gelassen – mit dem Motorroller war das trotz des Verkehrs ein Kinderspiel. Am Zielort sei er nicht auffällig bei der Garage stehen geblieben, sondern habe in einiger Entfernung abgewartet, bis sich wieder etwas regte. Er fand Ruth superschnell, worauf sie nickte, sie habe keine Zeit verlieren wollen, genauso wenig wie der Typ.

Die ersten Male wollten wir alles genau wissen, jedes Detail. Hatte er einen großen, einen kleinen, einen dicken? Haare auf dem Sack, auf der Brust? Wie klang seine Stimme, wie roch sein Atem, trug er eine Krawatte, müffelten seine Socken, war er brutal, schüchtern, machohaft? Unsere erste Schlussfolgerung war: Die Mädchen mussten lernen, mit Kondomen zu arbeiten. Das übten wir in der Scheune. Als Nächste machte sich Ena bereit, und Thomas wollte sofort den Preis in die Höhe treiben – weil sie dunkelhäutig war und zudem wesentlich jünger, als sie aussah. Jens wollte nichts davon wissen, das könne Neid unter den Mädchen wecken – sie waren immerhin unser Rohstoff.

Thomas ließ nicht locker: Eine blonde oder eine dunkle Möse, das seien doch völlig unterschiedliche Dinge.

Für den Kunden schon, aber nicht für uns, hielt Jens dagegen. Wir müssen zunächst für Stabilität sorgen, die Preise können wir erst später differenzieren.

Das klang tatsächlich überzeugend, und Thomas ließ es dabei bewenden.

In meinem Zimmer machten wir die Mädchen zurecht. Ena wollte, dass ich es ihr machte, bevor sie aufbrach. Um gut geschmiert zu sein, gurrte sie, und um den Tag nicht mit einem Fremden beginnen zu müssen. Am dritten Tag gingen Liesl und Femke gemeinsam zu ein paar Freunden in eine Wohnung, die diese sich organisiert hatten. Liesl simste uns von der Toilette die Adresse. Karl fuhr hin, die Wohnung lag in einem Vorort. Wir folgten ihm auf den Rädern. Thomas hatte ein Fernglas dabei, aber die Vorhänge waren zugezogen. Femke rief an und ließ das Telefon kommentarlos an … Wir konnten sie im Bett herumtoben hören. Alles schien in Ordnung. Jeder war einmal dran gewesen. Unser Unternehmen lief wie geschmiert. Wir teilten den Gewinn untereinander auf. Von dem ersten Geld war nichts übriggeblieben, wir hatten uns die Bäuche mit Bacardi-Breezers, Pizza, Eis, Cocktails, Schokolade, Chips und Süßigkeiten vollgeschlagen – zu Hause hatte meine Mutter Lasagne gemacht und ich hatte Bauchschmerzen vorgetäuscht.

Es war ein Spiel, und wir gingen immer weiter. Die Mädchen wollten die Preise selbst bestimmen, entsprechend den Diensten, die sie am liebsten anboten. Femke blies ihren Freiern gern einen, Liesl und Ruth machten es vorzugsweise im Dreier, Ena wollte es gern von hinten, doch es gab nichts, was eine von ihnen grundsätzlich ablehnte. Jens führte genau Buch. Wir mussten uns zurückhalten, die Mädchen hatten auch Hausaufgaben. Ena konnte mit ihrer Möse Geishakugeln spucken. Wir lachten darüber und lösten gemeinschaftlich ihre Matheaufgabe.

Karl erklärte ihr alles noch einmal in Ruhe. Anschließend brach sie zu einem abendlichen Einsatz auf. Meinem Vater machte ich weis, es handele sich um ein neues Unterrichtsprojekt, wir würden schulübergreifend eine Gruppenarbeit anfertigen. Es war ein Spiel, daran bestand kein Zweifel. Und es brachte so viel ein, dass es uns schwerfiel, es zu verbergen, wir gönnten uns Schuhe, Hemden, Mützen, T-Shirts, Unterwäsche, Computerspiele sowie einen kleinen Motorroller für die Mädchen.

Jens richtete eine drahtlose Internetverbindung samt Webcam für mein Zimmer ein, er sorgte dafür, dass Kunden, Voyeure, über Internet bezahlen konnten. Kontonummer, Codes, alles ganz so, wie es sich gehörte. Um mein Zimmer unkenntlich zu machen, bastelten die Mädchen mithilfe von Tüchern und anderem Krimskrams eine Deko. Für die richtige Beleuchtung installierte Karl einen kräftigen Scheinwerfer. Logischerweise lief das Ganze nur tagsüber oder an den seltenen Abenden, an denen mein Vater und seine Freundin unterwegs waren. Weder er noch meine Mutter fragten, warum ich jetzt öfter zu meinem Vater ging.

Unser Unternehmen lief prima. Mit der Webcam zogen wir ein neues Publikum an. Wenn eines der Mädchen unterwegs war, konnte sich ein anderes entspannt selbst befriedigen, während Thomas oder ich die Kamera bedienten. Ab und zu leckten sich zwei Mädchen gegenseitig, manchmal fickte sie einer von uns, mit einer Perücke machten wir uns unkenntlich und achteten darauf, dass unser Gesicht niemals direkt ins Bild kam. Bei unserem Spiel gingen wir kein Risiko ein. Wir waren eine geschlossene Clique, nur die Mädchen gaben sich denen hin, die dafür bezahlten. Und in der Stadt und den umliegenden Ortschaften gab es viele Männer. Thomas und Karl warben sie in Dorfdiscos und Fußballstadien an. Diskret, mit doppeldeutigen Bemerkungen, fischten sie sich die Typen heraus, sie irrten sich selten, hatten Fotos von unseren stark zurechtgemachten scharfen Bräuten dabei – unserer Handelsware. Es war toll: Wir verschoben Grenzen.

Es war verblüffend einfach und merkwürdig zugleich, mit welcher Leichtigkeit wir aus der Handlung anderer Leute Profit schlugen, ohne selbst etwas dafür zu investieren. Es kostete uns nichts, in der Scheune, in der wir uns noch immer verabredeten, Sex zu haben oder uns Spiele mit Schwänzen und Mösen auszudenken; wir hatten einen Gasofen angeschafft, damit wir auch im Herbst und an milden Wintertagen, ohne zu frieren, an unserem vertrauten Ort zusammen sein konnten.

Dennoch trieb uns der Winter mit seinen deprimierenden Regenwolken am grau verhangenen Himmel oft genug über schlammige Wald- und Feldwege an Äckern vorbei, auf denen kein Mais mehr zu finden war und wo die Bäume keine Blätter mehr trugen, in die Stadt – zu den Geschäften, in denen es mehr zu kaufen gab.

Die Mädchen mussten sich wärmer anziehen; sie

konnten sich immer seltener in Autos, in einer abgelegenen dunklen Straße oder einer feuchten Garage vergnügen. Wir konzentrierten uns stärker auf die Inszenierung vor der Webcam, doch das brachte weniger ein als Sex zum Anfassen. Zweimal nahm Femke einen vertrauenswürdigen Kunden in mein Zimmer mit. Jedes Mal war sie innerhalb von zwanzig Minuten fertig, ich konnte sie von der Küche aus hören und wusste, dass sie so tat als ob, aber der Mann gab sich damit zufrieden.

Wir waren geschäftstüchtig. Auch die Mädchen wollten weitermachen. Es blieb ein Spiel, solange wir nicht aufhörten, in uns hineinzulachen. Dennoch stellten wir nach einer Saison, in der wir uns alle einen teuren Regenmantel gegönnt hatten, eine leichte Entfremdung zwischen Mädchen und Jungen fest. Diese Veränderung ließ sich nur schwer in Worte fassen, da das bedeutet hätte, einen ersten Riss im Spiel zuzugeben. Wir waren noch nicht bereit, auf unseren Spaß zu verzichten. Vielleicht musste sich dazu erst eine Tragödie ereignen, was dann im darauffolgenden Frühling auch tatsächlich geschah – doch glich sie in nichts dem, was wir erwartet, uns gewünscht oder gar befürchtet hätten.

Die Entfremdung war banal, egoistisch, engstirnig, nicht mehr als ein leichtes Unbehagen oder ein Mangel, als niste sich ein Gefühl der Ungerechtigkeit zwischen uns ein; dabei war es Groll, unangebrachter gekränkter Stolz, den niemand zugeben wollte. Wir gaben dem nur in versteckten Anspielungen Raum. Es war unangenehm, auch wenn es niemand aussprach, und dabei blieb es. Wir ließen das Ganze auf sich beruhen, so dachten wir zumindest, das war also der Preis, den wir zu zahlen hatten. Von lächerlichen Anspielungen mal abgesehen, schwiegen wir uns aus, gingen, um Leichtigkeit bemüht, darüber hinweg, doch dieses Empfinden schlummerte in uns und nur wenig war nötig, es zum Leben zu erwecken. Was wir tunlichst vermieden.

Hätten wir es damals in Worte fassen können, hätte das so geklungen: Die Mädchen ficken mehr als wir, sie treiben es mit fremden Männern, ohne uns. Das Geld fließt allen in die Tasche, Jens führt gewissenhaft Buch, dagegen war nichts einzuwenden, weder aus Wut noch aus Neid. Sie tun es für Geld, daran ist nicht zu rütteln. Aber sie tun es wirklich, die Schwänze stecken wirklich in ihren Mösen, da können sie sagen, was sie wollen, aber was sie fühlen, fühlen nur sie. Im Austausch gegen ihr Geld sehen wir voller Bedauern zu.

Völlig banal, engstirnig, egoistisch, wie gesagt, aber wir schwiegen darüber, es ratterte stattdessen in der Dunkelheit unserer unartikulierten Gedanken, in einem endlosen, ermüdenden Zirkelschluss. Wir lächelten weiter. Aber wenn wir andere Mädchen flachlegten, übten wir damit irgendwie Verrat an unseren, während sie … immer war da dieser Anflug von Ungerechtigkeit! Wir mussten uns die Mühe machen, außerhalb der Gruppe nach einem schnellen Abenteuer zu suchen, uns Zeit dafür nehmen, im Alleingang handeln – das hatte mehr und mehr etwas von Untreue! Trotzdem waren wir so frei wie sie. Und es hinderte uns nicht daran, uns mit anderen Mädchen einzulassen, das aber bedeutete einen Kraftaufwand, der uns zuweilen abschreckte, nicht wegen des Aktes selbst, sondern wegen des Nachspiels: Diese Mädchen forderten in der Regel zu viel – zu viel Gefühl, zu viel Treue, zu viel Aufmerksamkeit, zu viele Erklärungen. An Abenden, an denen sie uns bei sich haben wollten, mussten wir mit unseren Mädels los, den Produkten, die wirklich im Zentrum unseres Interesses standen.

Unterwegs

Im Nachhinein lassen sich Taten leicht verurteilen. Aber wenn man noch mittendrin steckt in dem Leben, das zu diesen Taten führt, dann sieht man nur eine Seite. Man sieht die Handlung, deren Folgen sich erst im Nachhinein zeigen. Erst dann wird deutlich, wozu alles gedient hat, oder ob es die Mühe wert war.

Es war die ideale Transaktion: Du gibst deinen Körper, komplett, deine Brüste, deine Muschi, deinen Hintern, deine Achseln, du gibst alles, er konsumiert dich auf der Stelle und bezahlt dich dafür. Sobald er fertig ist, nimmst du deinen Körper einfach wieder mit. Du verkaufst etwas, *von dem du nie-*

mals Abstand nimmst, das immer bei dir bleibt, egal, wo du bist. Deine einzige Investition ist die Zeit, die dafür vonnöten ist. Zeit, die so oder so vergehen würde. Also kostet es dich nichts und ermüdet deinen Körper nicht mehr, als wenn du ihn anderweitig beanspruchen würdest. Du lebst, tust Dinge, die du gern machst, und lässt dich ab und zu dafür bezahlen.

In unserer Scheune waren wir acht Herzen und eine Seele. Vier Muschis und vier Schwänze reichten uns. Dass Geschichten über unsere Clique die Runde machten, wussten wir. Wir leugneten sie nie, ließen meistens alles im Ungewissen, reicherten manche Gerüchte an, um sie unglaubwürdiger zu machen, oder gaben Geschichten über Streitereien untereinander und Eifersüchteleien zum Besten. Ena wurde als Nutte bezeichnet; über das Geld, das Thomas ausgab, wurde getuschelt, ebenso über den Roller, den Ruth und ich uns teilten. Die Gerüchte entstanden durch Hörensagen, doch niemand, der sie verbreitete oder dem sie zu Ohren kamen, konnte sie verifizieren. Meine Mutter hatte mich bereits gefragt, mit wem ich mich träfe und ob das dunkelhäutige Mädchen denn anständig sei. Sie erwähnte, Ena sei mit älteren und mit verheirateten Männern gesehen worden, sie sei mitten in der Nacht aus dunklen Autos ausgestiegen, über Femke erzähle man sich Ähnliches. Die zurückhaltende Ruth, so schien es, war vor dem schlimmsten Klatsch und Tratsch gefeit. Thomas hingegen galt manchen als kleiner Zuhälter, als jemand, dem in Sachen Mädchen nicht zu trauen war.

Wir zuckten mit den Schultern.

Die Stunden, die wir zu Hause oder in der Schule verbringen, das, was wir von uns geben, die ewiggleichen Varianten auf ewiggleiche Kommentare, unsere bodenlose Langeweile und die noch bodenlosere Gleichgültigkeit gegenüber dieser Langeweile und allem, womit wir sie vertreiben könnten, diese Stunden – oder halbe, manchmal sogar ganze Tage – sind zu öde, um darüber auch nur ein Wort zu verlieren.

Immer dieses Gemecker: Gib dir Mühe. Dabei meinen sie eigentlich: Tu, was wir von dir erwarten. Überall drehen sie uns einen Strick aus den Noten, die die Schule so großzügig verteilt. Worauf das Gemecker wieder von vorn beginnt, bis es sich in Form einiger drohender Verwarnungen ein letztes Mal aufbäumt und schließlich in einem tiefen Seufzer erstirbt. Dann endlich: *ihre* Stille – die Stöpsel meines iPods schon in den Ohren, nehme ich diese nicht einmal mehr wahr.

Ich rede nicht von den Zahlen, die Jens über uns notiert hat. Die sind alle positiv.

Herzlichen Glückwunsch.

Danke schön.

Wir wissen, was wir können. Wer glaubt, dass wir unsere Muschi benutzen, täuscht sich: Wir benutzen unser Köpfchen. Alles andere ist Illusion – unser Rimbaud-Leser wird das sicherlich mit einem seiner Bücher belegen können. Kants Kritik der reinen Vernunft. Die würde er gern zitieren. Aber ich halte ihn davon ab. Wir begnügen uns mit Kanye Wests astreinen Flows.

Oder mit Ruths astreiner Fotze, wie Thomas immer sagt.

Karl schraubt an Motorrädern herum, darf sie aber noch nicht fahren. Nicht im öffentlichen Straßenverkehr. Es gibt kaum andere Straßen, auf denen man mit hoher Geschwindigkeit fahren könnte. Überall stoßen wir auf Verbote. Wir sind nicht alt genug, um es aus freiem Willen mit erwachsenen Männern zu tun. Als würde der freie Wille dieser Männer so viel mehr Wert sein. Das bisschen Hirn, das sie benutzen, passt genau in ihre Eichel.

Wir können ihren Verstand mit Leichtigkeit zwischen unsere Zähne nehmen.

Das begreift unser Biologielehrer nicht:

Damit können Sie mir hier nicht kommen!

Aber Kommen ist doch sonst Männersache!

Große Heiterkeit.

Sie nehmen den Mund ganz schön voll.

Dabei brauche ich ihn nicht mal weit aufzumachen.

Erneutes Gelächter.

Wir werden ja sehen, ob Sie ihn bei den Prüfungen aufbekommen. Ich meine …

Beschwörend hebt er die Hände, unterdrücktes Lachen in der Klasse.

... ob Sie etwas Vernünftiges rausbekommen.

Er lässt die Hand sinken. Für ihn ist die Sache erledigt. Er dreht sich zur Tafel.

Vielleicht, wenn ich kräftig genug sauge.

Die ganze Klasse bricht in großes Gejohle aus.

Es ist wichtig, das letzte Wort zu haben – zumindest, wenn es das Entscheidende ist. Man sollte nie das letzte Wort haben, bevor man an der Reihe ist.

Dem Lehrer fällt die Kreide aus der Hand:

Ihre Ausdrucksweise ist obszön. Ich dulde nicht, dass Sie mir so etwas unterstellen. Nehmen Sie das sofort zurück oder ich schicke Sie zum Direktor.

Wie kann ich ernsthaft etwas zurücknehmen, was in humorvoller Absicht gesagt worden ist? Wollen Sie, dass ich dem Direktor den Witz erkläre?, frage ich.

Erneutes Gekicher, prustendes Lachen, erheiterte Gesichter.

Ihr Humor ist unangebracht. Ich werde es Ihnen dieses Mal nachsehen, über Geschmack lässt sich nicht streiten. Wir machen weiter mit dem Unterricht.

Er begreift nicht, dass die Schule ein Deckmantel für uns ist, ein Alibi, ein Freibrief. Niemand fühlt uns auf den Zahn, solange wir behaupten können, etwas für den Unterricht zu tun.

Wir schlüpfen aus dem Haus, haben zu tun, für

Biologie, Physik, Rechnungswesen, Gruppenarbeit, wir lügen so gut wie nie.

Die Schule ist ein Schlüssel zum Leben.

Ein perfekter Zeitvertreib.

Alles Schicksalsgefährten, alle mit demselben Verbot, erwachsen zu sein, alle mit demselben Ziel.

Für später.

Was hat man davon, von diesem Später?

Niente, nada, nix.

Nur das Jetzt steht fest. Das können weder Chemie, noch Physik, noch Biologie widerlegen.

Bus verpasst. Wir legen den ganzen Weg zu Fuß zurück, haben doch nichts Besseres vor.

Es tut gut, sich zu bewegen. Wir treten auf unsere Schatten, die das nicht bemerken, gehen ein Stück an den Bahngleisen entlang. Wir sehen Vögel, Kaninchen, bunte Insekten. Ruth klimpert mit den Armreifen, die sie sich gekauft hat. Sie trägt sie an nur einem Handgelenk. Einige gefallen mir, aber nicht alle. In meiner Tasche stecken ein nagelneuer Rock und ein Seidenhöschen, von dem Ruth nicht restlos überzeugt ist. Aber die Sachen sind bezahlt, wir haben sogar noch Geld übrig, und ich zucke die Achseln.

Die Bahngleise beschreiben einen weiten Bogen. Links befindet sich Weideland, auf dem schwarzweiße und rotbraune Kühe grasen. Rechts liegen Maisfelder. Wir spazieren vor uns hin und spüren, wie beweglich wir sind, wie einfach alles geht, wie perfekt unser Körper zu uns passt, jetzt, wo wir nichts zu tun und nichts zu verlieren haben.

Hinter der Kurve sind Gleisarbeiter zugange. Von weitem sehen wir ihre auffälligen gelben Westen. Einer von ihnen steht mit einer Hupe in der Hand vor der Kurve auf Beobachtungsposten. Drei Männer beugen sich mit Werkzeug über Bahnschwellen und Gleise. Ein Stück weiter steht wieder einer mit einer Hupe.

Die Männer blicken auf, als wir näherkommen, machen Witze und Anspielungen, wie allein wir sind unter dem weiten Himmel.

Niemand wartet auf uns, wir haben alle Zeit der Welt, ein kurzer Blick genügt und schon sind wir uns einig. Wir haben unser Unternehmen bei uns, wir verkörpern unsere Handelsware, unsere Dienste. Wir brauchen die Jungs nicht.

Es fühlt sich gut an zu glauben, dass wir eine Clique bilden, dass wir zusammen ein gutgehendes Unternehmen führen. Die Jungen machen die Planung, lösen technische Probleme mit den Kameras, Mieteinnahmen, Computern, Stundenplänen, der Bekanntwerdung, sie werben Kunden, tun ihr Bestes, um uns zu beschäftigen. Auch, dass Jens sich um die Buchhaltung kümmert, Statistiken und Verteilerschlüssel anlegt, damit wir genau ablesen können, was wir einbringen, was wir investieren und welchen Gewinn wir erzielen, fühlt sich gut an.

Doch genau genommen können wir es ohne sie.

Wir wissen, was wir wert sind.

Zwischen Ruth und mir herrscht Einverständnis. Das Klimpern ihrer Armreifen stockt einen Augenblick, als sie sich mit einer Hand ins Haar greift, ihre Achsel zur Gänze entblößt. Ich atme tief ein.

Wir verlangsamen unseren Schritt, die Gleisarbeiter witzeln weiter herum, bis wir fast auf der Stelle treten, ohne jedoch ganz anzuhalten, sie könnten uns berühren, unser Parfum kitzelt sie in der Nase.

Wir sind frei, sagen wir, und ihr?

Wir lassen Skepsis durchblicken.

Von uns aus ginge es –, und schwenken die Packung Kondome, die ich immer dabeihabe.

Wir wissen, wie's läuft. Wir machen's für Geld.

Nennen den Betrag.

Entscheidet euch.

Sie zögern, es ist verführerisch, riskant, wie alt wir seien, doch wir sehen gut aus: unbeirrbar, entschlossen. Das wissen wir.

Schließlich wollen zwei.

In der Anonymität des Maisfeldes.

Wir treiben sie zur Eile an.

Sie bezahlen und wir verlassen das Feld sofort zur anderen Seite, kehren nicht zu den Bahngleisen zurück, zu ihren Kumpels, die natürlich scharf sind auf ihre Geschichte und es sich im letzten Moment vielleicht doch noch überlegen wollen.

Was interessiert es uns, wie die Männer es tun, sie ziehen doch immer den Kürzeren: Schließlich müssen sie sich abrackern, müssen weitermachen, bis sie ihren Zentiliter Sperma abgespritzt haben, auch wenn sie sich dabei zu Tode rödeln und stoßen. In der Zwischenzeit liegen wir auf dem Rücken und ruhen uns auf unseren Lorbeeren aus.

Manchmal sind sie so dämlich und nervig, dass ich zähle, wie viele Stöße sie brauchen. Hauptsache, die Kohle stimmt. Während sie mir in den Nacken schnaufen, rechne ich aus, was sie jeder einzelne Stoß kostet.

Wir nehmen sie in doppeltem Sinne aus: Sie leeren ihren Geld- und ihren Hodensack für uns.

Ihr Bewusstsein verengt sich, bis es genau in die Spalte zwischen unseren Beinen passt.

Mehr Platz brauchen sie nicht.

Die reinste Zirkusvorstellung.

Die Nummer hat uns kaum Zeit gekostet. Klimpernd setzen wir unseren Weg auf grasbewachsenen Reifenspuren fort, über uns der weite Himmel, die Sonne hat sich kaum von der Stelle bewegt. Uns ist leicht zumute in unserer Einsamkeit, erhitzt wie wir sind, und in der Tasche frisches Geld, das wir nicht mal nötig haben.

Mit welch heiligem Ernst sie da mitten im Maisfeld das Geld aus dem Portemonnaie fingerten, bevor sie loslegten. Wir behielten es die ganze Zeit über in der Hand. Der Mais wogte wie Fackeln im Zirkus.

Wir kichern, jung sind wir, unser Herz schlägt bis zum Himmel, und die Luft vibriert.

Wir brauchen niemandem etwas zu beweisen, wir sind quicklebendig. Das ist unsere Richtung, der Weg, den unsere Füße einschlagen, er küsst unsere Schatten, führt nicht über Rosen, ist verschlungen und bringt uns dahin, wo wir hinwollen und niemand uns erwartet. Kein Rosenduft, kein Mondenschein, uns leuchten andere Lichter. Unermüdlich sind wir, auch wenn wir uns ausruhen. Wir kichern, lachen, niemand hält uns zurück, keiner beachtet uns. Das ist unser Weg, den wir gehen, du, ich, wir, jeder für sich und alle zusammen, niemand fehlt, wir erkennen den Geruch, das Licht, blicken uns nicht um, wir wissen, wohin, und haben kein Ziel.

Wir simsen den anderen, dass wir Geld verdient haben.

Alles wandert in einen Topf.

Der Weg folgt der Flussbiegung und stößt schließlich auf einen Obstgarten, an den die ersten Häuser grenzen.

Hinter einer Hecke kläfft uns ein Hund an, dazwischen knurrt er, was wie Gurgeln klingt. Das Rascheln von Blättern und Brechen von Zweigen, doch die Hecke gibt nicht nach. Wir haben keine Angst vor einem Hund, der bloß kläfft. Mit der angenehmen Aussicht, gleich unter der Dusche zu stehen, gehen wir nach Hause.

Erfrischt geben wir uns dem Abend hin.

Wer mit wem?

Ich die, du diese?

Ich die hier.

Wir hatten beide schon einen.

Du?

Dann nehme ich die da.

Und danach?

Die Kamera?

Wer nimmt den Roller?

Wir nehmen den Bus.

Hier ist das Geld. Schreibst du auf, wie viel es ist?

Und wann?

Wir haben noch Zeit.

Zeigst du mir, wie man die Buchführung macht?

Jens grinst.

Erst multiplizieren, dann subtrahieren, und erst zum Schluss addieren.

Und danach dividieren.

Immer wieder lachen wir über dieselben Witze.

Es gibt nicht so viele verschiedene Witze im Leben.

Das sind immer Variationen.

Auch das Lachen variiert.

Hörst du mich lachen?

Nein.

Das ist meine Variante.

Aha.

Brechen wir auf?

Was für ein schöner Abend: Die Mondsichel steht schon früh am Himmel, noch bevor die eigentliche Dämmerung hereinbricht, und wir beschließen, uns verbotenerweise noch einen Drink auf einer Terrasse zu genehmigen, dabei erwecken wir nicht den Eindruck, als müsse man uns den Alkohol verbieten. Schließlich haben wir Geld.

Sagen Sie, fühlen Sie sich nicht wie eine Hure?

Wer nicht? Ich fühle mich wie alles Mögliche, immer wieder aufs Neue.

Ha.

Und mit allem werde ich fertig.

Vor Energie sprühend und in dem Wissen, dass all das wahr ist, lassen wir unsere zweiunddreißig Zähne, jeder einzelne vom Zahnarzt kontrolliert und gerade gerückt, lachend aufblitzen.

Wir gehen abwechselnd zu unseren Verabredungen. Das ist Routine, immer wieder anders und immer wieder gleich. Am Ende des Abends oder am Anfang der Nacht wissen wir genau, wie reich wir sind.

Wo warst du denn schon wieder so spät?

Bei Freunden, Mama. Lass mich in Ruhe, ich will schlafen.

Und dann bleibst du wieder den ganzen Vormittag im Bett. Liesl, du verschwendest deine Zeit!

Wer nicht?

Ich gähne herzhaft. Meine Mutter wendet sich ab, als hätte sie Angst, verschlungen zu werden.

Wir verschwenden alles, auch unsere Tage, sind sie nicht dazu da? Uns fehlt die Anmaßung, an etwas zu arbeiten. Und damit auch die Last.

Ich gehe schlafen.

Die Männer, die mich ficken, meckern nicht.

Bis auf die wenigen, die sich mit mir unterhalten

wollen. Die wahnsinnig gern wüssten, wie alt ich bin. Jung, meinen sie. Darauf stehen sie, auf frisches Fleisch. Das wievielte Mal es sei. Ob ich nicht lieber aufhören wolle. Was sie für mich tun könnten. Was ich studieren werde, oder ob ich arbeiten wolle, ob das hier vielleicht meine einzige Arbeit sei.

Ich mache, wozu ich Lust habe.

Ficken?, fragt der Typ.

Geld verdienen, entgegne ich.

Sollen sie ruhig persönlich werden, solange sie sich nur ja nichts einbilden. Geschäft ist Geschäft, und meine Angelegenheiten gehen sie nichts an.

Manchmal werde ich schnippisch. Wenn ich keine Lust habe, läuft nichts.

Das ist geschäftsschädigend, schimpft Thomas.

Es muss Spaß machen, erwidere ich.

Meinst du, uns macht das Spaß?

Ach, wenn ein Kunde unzufrieden ist, verlangt er das nächste Mal nach einer anderen, beschwichtigt Karl.

Jeder in diesem Gewerbe ist austauschbar, wenn nur genügend Zeit vergeht.

Nur die Lust vergeht Männern nie.

Hör doch mal auf rumzumosern.

Ein Mann bedeutet Zeit, die wir rumbringen.

Und Zeit ist Geld.

Ha.

Da schließt sich der Kreis.

Mit dem Ausweis von Thomas' großem Bruder gelang es uns, eine kleine Wohnung über einem Laden zu mieten. Das war bequemer für die Kunden. Mein Zimmer war in seinen Möglichkeiten zu beschränkt, ich konnte meinen Vater und seine Freundin nicht ständig wegschicken. Wir wollten die Wohnung vor den Weihnachtsferien fertig haben. Eine Investition, die sich schnell wieder reinholen ließe, sagte Jens, den das Berechnen unserer Umsätze zuweilen in regelrechte Euphorie versetzte.

In der Zeit des Friedens, der Liebe und der Geschenke, so überlegten wir, würde es sicher genügend Nachfrage geben.

Wir hatten alle das Gefühl, als steige das Niveau unseres Spiels, als hätten wir *ein höheres Level* erreicht. Von unseren Eltern schien keiner etwas davon mitzubekommen. Wir dachten uns Geschichten über kleinere Arbeiten aus, die wir angeblich hier und da übernahmen. Ich behauptete, meine teuren Schuhe bei einem Werbe-Preisausschreiben einer Schuhfirma gewonnen zu haben: Ich hätte sämtliche Fragen richtig beantwortet und bei der entscheidenden Frage am besten geraten. Ich pendelte zwischen meinen Eltern hin und her. Sie waren froh, dass ich ihnen kaum zur Last fiel und die Schule nicht zu vernachlässigen schien. Sie sahen mich in Bücher vertieft, hatten aber nicht den geringsten Überblick, wie viele ich kaufte. Ich musste mich nur selten rechtfertigen. Die Mädchen behaupteten, auf Schnäppchenjagd nach den tollsten Jacken, Stiefeln, Unterwäsche, Parfums stundenlang Geschäfte und Märkte zu durchstreifen, was ihre ständige Abwesenheit erklärte.

Wir bewegten uns wie Raubfische durch die Gewässer der Erwachsenen, und sie hatten keine Ahnung.

Wir waren wie im Rausch, machten Fotos, als wir eines Nachmittags entdeckten, dass einer von Enas Freiern Liesls Niederländischlehrer war. Wir enttarnten auch einen Kollegen von Karls Vater. Erwachsene waren keinen Deut besser als wir.

Die Weihnachtszeit war phantastisch, wir feierten das Fest der Liebe. Zu jeder Tageszeit wurde gefickt, unsere Mädchen brauchten es nicht nachts zu tun, stattdessen waren sie zwischen Weihnachten und Neujahr von morgens bis abends gebucht. Sie wollten herausfinden, wie lang sie es durchhalten würden, ohne dass es ihnen zum Hals heraushing. Ruth arbeitete die meisten Freier ab, sie erschrak selbst darüber, und hatte danach die Nase auch wirklich bis zum Ferienende gestrichen voll. Wir sehnten uns alle nach dem Frühling, den längeren Abenden, nach der klaren Sicht auf die Welt, die zusammen mit dem Licht aus dem Osten kam und sich erst im Westen wieder trübte. Von Zeit zu Zeit hatte eines der Mädchen keine Lust, dann bliesen wir alles ab, wir mussten nur zusehen, dass wir jeden Monat die Miete für die Wohnung zusammenbekamen. Das erledigte

Ena zur Not in ein paar Tagen allein, ihr wurde es so gut wie nie zu viel. Jens legte aus Spaß Statistiken an, mit denen wir die Mädchen ärgerten.

Gleich am allerersten Frühlingstag nahmen wir unsere gewohnten Spiele im Schutz unserer Scheune wieder auf.

Wir waren ausgelassen, Liesl und Ruth trugen Bikinis, Thomas lief mit nacktem Oberkörper herum, wir jagten uns gegenseitig, bespritzten uns mit Wasser, unser Blut pulsierte, wir hielten uns im Schwitzkasten, betatschten einander, quatschten über Filme und Musik. Hier waren wir auf ureigenem Territorium, dies war das Leben, das zählte.

Die Sonne schoss ihre ersten heißen Pfeile ab, als sie mittags ihren höchsten Stand erreichte und dort eine Weile rumhing. Wir achteten nicht darauf, wie sie langsam sank, wir spürten nur die erste Wärme. Wir nahmen den Faden an der Stelle wieder auf, wo wir ihn im Herbst abgelegt hatten und knüpften bei der hemmungslosen Phantasie unserer Körper an, bei unserem instinktiven Einfühlungsvermögen in die Anatomie des anderen – sei es virtuell oder real, ganz so wie es sich gerade ergab, in der Praxis ging das nahtlos ineinander über.

Ena legte sich nackt auf den Rücken ins Gras, die Beine gespreizt. Ruth legte ihr die Augenbinde an. Wir Jungen bauten uns abwechselnd in eineinhalb Meter Entfernung von ihrer Möse auf. Einer nach dem anderen pinkelten wir mit ganzer Kraft, versuchten mit unserem Strahl ihre Muschi voll zu treffen. Ena wusste nicht, wer gerade an der Reihe war. Sie musste entscheiden, wer ihre Klitoris am besten und kräftigsten getroffen hatte. Karl und Thomas gewannen. Danach pissten die Mädchen den Verlierern in den Nacken. Ein lauer Strom rann mir zwischen den Schulterblättern hinunter.

Die Sonne trocknete uns.

Danach zogen wir Halme. Das Los fiel auf Femke. Sie kniete sich auf Händen und Füßen ins Gras, ihre Möse nackt in die Höhe gereckt, damit wir mühelos etwas einführen könnten, das sie erraten musste – wie schon beschrieben. Jeder kramte etwas hervor. Thomas hatte seit Tagen darauf gedrungen, dieses Spiel wieder aufzunehmen, wir vermuteten also, dass er etwas vorbereitet hatte. Das letzte Mal im Herbst hatte Jens eine fette Nacktschnecke in Liesls Muschi gestopft. Sie konnte es nicht erraten; als sie erfuhr, was es war, brach sie in hysterisches Kreischen aus, und Jens musste das Weichtier eigenhändig wieder herauspulen, Liesl war schließlich wutentbrannt nach Hause geradelt, um sich ausgiebig zu waschen. Sie wollte sich rächen, vergaß es jedoch. Was machte das schon.

Schwänze fühlen sich manchmal genauso an wie Schnecken, sagte sie.

Sie musste es wissen.

Femke wartete mit verbundenen Augen. Ihre noch winterlich weißen Pobacken leuchteten im Sonnenlicht. Mit den Händen stützte sie sich auf zwei knorrige Wurzeln des Baumes vor ihr. In den Ästen und Zweigen war der hellgrüne Schleier der ersten austreibenden Blätterknospen zu sehen. Ein schöner Anblick, wie Femke da in dem durch die Baumkrone gefilterten Licht kniete. Karl nahm den Kaugummi aus dem Mund und schob ihn mit zwei Fingern zwischen ihre Schamlippen. Sie erriet es schnell.

Sie fragte, ob es Karl sei.

Was wir bejahten.

Sie fragte, ob er noch Kaugummi im Mund habe.

Wir verneinten.

Karl entfernte das Kaugummi und steckte es wieder in den Mund.

Thomas gab uns zu verstehen, dass er jetzt an der Reihe sei.

Er holte eine Thermoskanne aus seiner Tasche, schraubte den Deckel ab und hielt die Kanne schräg, etwas Gläsernes glitt heraus, eine Art Kegel. Er nahm ihn in die Hand, dann erkannten wir: Es war ein Eiszapfen. Er war kräftig, beinahe dreißig Zentimeter lang. Wir kicherten, grinsten. Thomas trug ihn zu Femke. Mit zwei Fingern der linken Hand spreizte er ihre Schamlippen vorsichtig. Die Spitze des Eiszapfens zielte genau auf ihre zarte Scheidenöffnung. Femke hatte ihr Gewicht nach hinten verlagert, die Hände auf den Baumwurzeln, die Knie im Gras, den Hintern in der Sonne. Dann stieß Thomas den eiskalten Zapfen auf einmal ein Stück in sie hinein.

Vielleicht lag es am plötzlichen Temperaturunterschied zwischen dem gefrorenem Zapfen und der warmen Scheideninnenwand, vielleicht berührte die Spitze ihre Gebärmutter, und war es ein ganz normaler Reflex angesichts der unerwarteten Kälte so tief in ihr – jedenfalls machte sie einen riesigen, unerwarteten Satz nach vorn.

Mit einem dumpfen Schlag prallte ihr spröder Schädel gegen den Baum.

Noch Wochen später hörte ich den stumpfen Stoß – kein Zweig hatte sich bewegt. Femke sackte zur Seite, ihre Möse schien den Eiszapfen wieder auszuspucken. Mit einem Satz war ich bei ihr. Thomas hatte die Situation noch nicht erfasst, auch die anderen blieben wie angewurzelt stehen. Femkes Aufschrei wurde von einem Schluchzer erstickt, es erklang noch ein kurzes, röchelndes Schnaufen, danach nichts mehr.

Sie war bewusstlos.

Femke hing mit dem Gesicht unten in der Erde am Stamm, Ena fasste sie an der Schulter, um sie auf den Rücken zu drehen. Ich hielt sie zurück, in der Angst, jede Bewegung könnte die falsche sein. Blut tropfte aus Femkes Nase. Wir müssen ihren Kopf vorsichtig anheben, damit sie atmen kann – das war das Einzige, was ich dachte. Auch aus ihrem Ohr lief ein Blutrinnsal.

Einen Rettungswagen, schrie Ena, ruft einen Rettungswagen.

Jens hatte das Telefon schon am Ohr.

Wir bringen sie zur Straße, sagte Thomas, die finden uns hier nie.

Er nahm den Eiszapfen, warf ihn ins Feld.

Atmet sie noch?, fragte Ena leise.

Ich bückte mich, lauschte, nahm Femke das Tuch ab. Ihre Augen waren geschlossen.

Ruhe, rief Ena den anderen zu, seid mal still!

Jens lief zur Scheune, wir hörten ihn mit jemandem sprechen, er gab den Namen der Straße durch, die am Dorf vorbeiführte, die Scheune hatte keine Adresse.

Ein Unfall, sagte er, gegen einen Baum, eine Gehirnerschütterung.

Sie atmet noch, ich glaub, ich hör was, sagte ich.

Ruth reichte mir ihren Handspiegel. Ich hielt ihn vor Femkes Mund.

Instinktiv hatten wir begriffen, dass es ernst war. Niemand zweifelte daran, Ena und ich waren als Erste bei ihr gewesen, Thomas war zu benommen, aber alle hatten es sofort kapiert. Der Handspiegel beschlug. Wir sahen uns an, Jens kam aus der Scheune.

Bringen wir sie zur Straße, sagte Karl.

Thomas und er drehten Femke behutsam auf den Rücken. Ich ließ es zu. Thomas gab Ruth und Liesl ein Zeichen. Sie streiften Femke den Slip über die Beine, zogen ihn ihr über die Pobacken. Ich half ihnen, sie hochzuheben. Ena stützte ihren Kopf. Weiterhin tropfte Blut aus Femkes Ohr. So trugen wir sie zur Straße. Ruth rief Femkes Mutter an.

Thomas schickte die Mädchen fort, weg von der Scheune.

Nehmt den Roller mit, wir telefonieren später, wir müssen hier nicht alle rumstehen, wenn der Rettungswagen kommt, ich fahre mit, ich bin dafür verantwortlich.

Ich fahre auch mit, sagte ich.

Nein, warte, sagte er erneut. Er rief die Mädchen, Ruth, komm zurück, es muss mindestens noch ein Mädchen hierbleiben, vier Jungen und ein Mädchen allein, das wirkt verdächtig. Jens und Karl, geht ruhig auch weg.

Thomas dachte an alles. Ich war dazu nicht in der Lage. Noch immer höre ich das kurze Knacken von Femkes Schädel.

Der Rettungswagen kam. Die Sanitäter machten sich schnell und effizient an die Arbeit, legten Femke auf eine Trage, schoben diese in den Wagen, fragten, was genau passiert sei, wer angerufen habe.

Wir waren hintereinander her, sie muss gestolpert sein, plötzlich ist sie mit dem Kopf gegen einen Baum gefallen, ergriff Thomas das Wort.

Ich verstand nur die Hälfte.

Ein Schädelbruch, sagten die Sanitäter.

Ich glaube, sagte Thomas, der Junge, der angerufen hat, ist mit dem Roller losgefahren, um ihre Eltern und Freunde zu informieren. Der Rettungswagen fuhr los, sie hatten sich nach unseren Namen erkundigt. Ich verstand nur die Hälfte, immer wieder hörte ich aufs Neue das kurze, fast beiläufige Knacken von Femkes Schädel.

Die Sonne brannte stärker. Femke lag im Koma. Thomas trichterte uns ein, wie alles passiert war. Nur er hatte es gesehen, wir brauchten bloß zu sagen, dass wir sie neben dem Baum hätten liegen sehen. Sie hatte verbundene Augen, sie musste einen Gegenstand erraten, Thomas hatte ihr einen Eiszapfen an den Hintern gedrückt, sie war erschrocken, rückwärts gesprungen, gestolpert und unglücklich gegen einen Baum gefallen. So war es passiert. Wir hatten keinen blassen Schimmer, wie eine polizeiliche Untersuchung ablief.

Ich wollte sie besuchen, sie lag auf der Intensivstation, niemand durfte zu ihr. Nur ihre Eltern durften sie kurz sehen.

Die Polizei schien sich anfangs nicht mit der Angelegenheit zu befassen. Vielleicht warteten sie ab, wie sich Femkes Zustand entwickeln würde. Wir trafen uns alle wieder in unserer Stadtwohnung. Niemand hatte gewollt, dass es so weit kam. Auch Thomas nicht. Hätte er vorsichtiger sein sollen? Es wäre nicht passiert, wenn Femke sich nicht vor den Baum gesetzt hätte. Thomas war nichts vorzuwerfen. Wir alle hatten dazu beigetragen, vielleicht hätte sie den Eiszapfen sogar erraten.

Die Zeit bleibt nicht stehen, sagte Thomas.

Wir müssen die Miete bezahlen, fügte Jens hinzu.

Sein Laptop war an.

Wer will mit vor die Kamera?, fragte Liesl.

Karl stand auf. Sie gingen ins Zimmer mit der Webcam. Jens gab ihnen Anweisungen.

Wir machen einfach weiter, sagte Thomas, ab jetzt müssen wir nur besser aufpassen.

Dann erreichte uns, drei Tage später, die Nachricht von Femkes Tod. Die Polizei kam hinterher zu uns. Thomas wurde befragt, ebenso Karl, der den Rettungswagen gerufen hatte, Ruth, weil sie Femkes Mutter informiert hatte, und ich, weil ich da war, als die Sanitäter eintrafen. Wir sagten alle dasselbe. Was half es, Femke war doch tot.

Natürlich gingen wir zu ihrem Begräbnis. Ihre ganze Klasse war da, all ihre Freundinnen und Freunde. Wir verhielten uns unauffällig, erschienen getrennt voneinander, nicht als Gruppe, nur Liesl und Ena kamen gemeinsam. Ruth las einen Text von Rilke vor, den ich ausgesucht hatte. Niemand verstand ihn. Auch der Priester nicht, der in seiner Predigt darauf einging, wie der Dichter sagt, blabla.

Es interessierte mich nicht, Femke war tot, nicht das Leben.

Ihr Vater und ihre Mutter waren noch einmal zusammen. Sie hielten sich aufrecht, aber auch das interessierte mich nicht. Nach der Beerdigung trafen wir uns in der Wohnung. Ena und Liesl hatten Kundschaft, also blieben wir nicht lange, das Leben ging weiter, damit fanden wir uns ab. Wir hatten alle x-mal darüber nachgedacht, aber es ließ sich nicht ändern, sie würde uns fehlen, doch wir waren jung, flexibel, wir konnten unser Leben unmöglich zum Stillstand kommen lassen.

Ich erinnere mich kaum an die Tage zwischen Femkes Tod und ihrem Begräbnis, alles, was ich darüber erzähle, ist reine Spekulation.

Ich vermisste sie nicht, da ich das Gefühl hatte, dass sie noch da war, dass sie jeden Augenblick aus dem Tod erwachen könnte wie zuvor aus dem Koma.

Sie hatte sich nicht fürs Aufwachen entschieden, sondern für den Schlaf. Sie hatte genug. Das war ihr gutes Recht, aber es fühlte sich an wie Verrat. Sie ließ uns im Stich.

Wir hatten nicht zu Ende gebracht, was wir angefangen hatten. Wir hatten nie wirklich miteinander geschlafen. Es würde immer nur eine halbe Sache bleiben.

Ich war wütend und traurig zugleich, gekränkt und bestürzt. Alles vergeblich, doch es drang nicht zu mir durch, sie musste doch noch immer da sein – damit ich ihr Vorwürfe machen, damit ich sie trösten konnte. Ich fand mich selbst feige, gleichzeitig war sie in meinen Augen kein Stück besser. Ich vergab ihr, und ich vergab mir selbst. Schließlich ebbte alles ab.

Es gibt Leerstellen in meiner Erzählung. Das ist unwichtig. Unser Leben ist nicht wichtiger als unser

Tod. Beides geht im gleichen Maß an uns vorbei. Femkes Leben war bereits zu Ende gegangen, als wir sie hochhoben. Das Letzte, was sie gespürt hatte, war eine eiskalte Stricknadel in ihrem Becken. Ihre letzten Tage verbrachte sie ohne ihr Selbst. Bloß wir wussten, dass noch Zeit verstrich. Wir fügten ihrem Leben drei Tage voller Hoffnung und Sorge hinzu, an denen sie keinen Anteil mehr nahm.

Sie ist nur noch gestorben, das hat sie unserem Leben hinzugefügt.

Danach folgte eine Periode, in der wir uns nur hin und wieder alle zusammen sahen. Meistens waren wir nur zu dritt oder viert, manchmal auch zu fünft, selten zu sechst oder siebt.

Die Leere musste gefüllt werden, und kein Leben.

In den Momenten, in denen wir nicht alle zusammen waren, vermissten wir Femke weniger – es fehlten auch noch andere. Trotzdem blickten wir nach vorn. Das Leben toste weiter, kein Tod konnte uns davon abhalten. Die Nachfrage nach dem, was wir zu bieten haben, war unerschöpflich. Nur die Nachfrage nach Femke können wir nicht mehr befriedigen.

Alles hat ein Ende.

In ihrem Fall stimmte das.

Komisch ist es, das erste Mal ohne Femke. Vor allem weil es einer der Typen ist, mit denen sie es immer trieb.

Sie ist tot, sage ich.

Das stimmt zwar nicht, sie liegt ja noch im Koma, aber ich will ihm einen Schrecken einjagen. Die dunklen Seiten des Lebens seien mir nicht fremd.

Er stammelt und stottert rum, er kann es nicht fassen, tut sich schwer, als würde er es mit einer Leiche treiben, und ich stelle mich tatsächlich tot, dabei lache ich mich insgeheim kaputt und knöpfe ihm trotzdem Geld ab. Geschäft ist Geschäft.

Und noch einen Zuschuss für ihren Kranz, fordere ich. Das macht mir Spaß. Und tatsächlich gibt er mir was extra. Einen Tag später ist sie wirklich tot.

Aber es war komisch, weil ich dachte: So war das also mit Femke, und so wird es nie wieder sein. Zum ersten Mal begriff ich das Wort *nie*. Etwas, was es nicht mehr gibt, mit dem ich nicht mehr rechnen muss. Ein abgeschlossenes Kapitel.

Statistisch gesehen kann uns jetzt nichts mehr passieren. Der tödliche Unfall, der einem von uns in unserem Alter zustoßen musste, hat Femke getroffen. Ein solches Unglück mit Todesfolge brauchen wir nicht mehr zu befürchten.

Ich wachte auf, vollkommen klar im Kopf, nichts war mehr wie vor dem Schlafengehen. Meine Hände lagen an einer anderen Stelle. Die Erde hatte sich um hundertachtzig Grad gedreht. Die Sonne stand oben, nicht unten. Die Geräusche waren andere. Das Haus knarrte, das Licht schien zu sirren, ich hörte eine Amsel singen.

Über wie viel überflüssiges Wissen ich doch verfügte.

Dass es sich um eine Amsel handelte, hatte mir mein Vater vor Jahren beigebracht. Einen Finger ans Ohr gelegt. Hör mal! Das Lied der Amsel. Unverändert, und seitdem höre ich keinen beliebigen Vogel mehr, sondern eine Amsel. All das habe ich im Kopf. Neben dem ganzen anderen Kram, von dem es mir im Hirn rauscht: Liebe, Höflichkeit, Hemmungen … Was soll's, ich wachte also mit klarem und wachem Kopf auf. Das Bett durcheinander, durchwühlt. Das Licht säuselte hinter den Vorhängen, die Amsel sang, ich war am Leben, spürte, wie das Leben mich herausforderte, der Schauer, der mich überlief, brachte meine Nackenhaare wie Dornen in Stellung. Ich war da, und ich hasste es. In dieser einen Sekunde. Mit dieser ganzen blendenden Klarheit im Kopf. Ich hasste es.

Ich griff nach unten, stöpselte die Kopfhörer in meinen iPod, machte ihn an. Weg mit der Amsel und ihrer jahrhundertealten Botschaft. Amy Macdonald. Ich strampelte mein Bettzeug weg. In dem schräg stehenden Spiegel betrachtete ich meinen Körper. In einem Schleier aus träumerischem Licht, das die Gardinen umspielte.

Mit einem Fuß tastete ich nach dem Stuhl, der zwischen Fenster und Bett stand. Ich stieß ihn um, damit er den Vorhang im Fall einen Spaltbreit aufzog. Ein Lichtfetzen zerschnitt das Innere des Zimmers, warf sich übers Bett und zerschmetterte an der Wand. Mein Körper loderte in dem klaffenden Licht, nackt, frisch erwacht, jungfräulich, von mir allein. Zum Soundtrack von Amy Macdonald beobachtete ich im Spiegel, wie ich ein Knie hob, wodurch ein Schatten auf meinen Nabel fiel, das Knie senkte sich wieder und nahm den Schatten mit. Ich spreizte die Beine, sah, wie sich die Sehnen am Oberschenkel spannten, stemmte die Fersen gegen die Matratze und mein Becken hob sich einen Zentimeter in die Höhe. Was für ein Bild: dieser in Licht getauchte Körper. Ein paar aufreizende Haltungen einnehmen, posieren – ja doch, von mir aus. Ich sah, wie taufrisch und gesund mein Busen an diesem Nachmittag war, wie makellos meine Knie, wie flach und unersättlich mein Bauch, wie messerscharf und schlank meine Beine, deren Kraft ich spürte, ohne auch nur einen Muskel anzuspannen. Das war das Leben, das sich hier spiegelte.

Ich ließ los, sank auf die Matratze zurück. Das wollten die Männer von mir, das konnte ich ihnen verweigern – ich wusste genau, was ich laut dem Kurs, den wir verfolgten, wert war. Das war mein Besitz – das und mein freier Wille. Ich zog die Beine an, ließ sie auf- und zuklappen. Ich machte Schwimmbewegungen in der Luft, mahlte das Licht zu

Schaum, der sich auf meinem Becken sammelte, an meinem Hals, bei den Fußgelenken, überall dort, wo ich hinsah, bis ich die Augen schloss. So stellte ich mir den Tod vor – wie dieser sich unendlich in die Länge ziehende Augenblick, ohne jede Anstrengung, nicht mal die, ihn andauern zu lassen.

Ich warf den iPod weg. Die Amsel war verschwunden. Geräusche bei den Nachbarn, die Putzfrau, die im Erdgeschoss mit dem Staubsauger herumfuhrwerkte, eine Tür, die zuschlug. Ich streckte mich, warf einen anzüglichen Blick in den schräg stehenden Spiegel, schaute. Ich musste diesen Körper einsetzen, mir blieb keine andere Wahl. Er war zerstörerisch in seiner Perfektion.

Ich ging ins Bad, blieb minutenlang unter der Dusche stehen. Mit gebeugtem Kopf ließ ich mir den kräftigen lauwarmen Wasserstrahl langsam über Rücken und Brüste laufen. Ich sah, wie das Wasser hauchdünn über meine Konturen perlte. Das Bild verschwand im Ausguss zu meinen Füßen, meine Zehennägel leuchteten in dem Flecken Sonnenlicht, das durchs Dachfenster fiel, rot auf.

Nackt und nass kehrte ich in mein Zimmer zurück. Das Staubsaugen hatte aufgehört, die Putzfrau spülte wohl gerade ab, ich hörte das Klappern von Tellern und Besteck. Mein Kleiderschrank quoll über, ich hatte keine Ahnung, was ich anziehen sollte. Während ich in den Röcken und T-Shirts herumwühlte, trocknete ich.

Ich vergeudete meine Zeit mit dem Anprobieren

von Klamotten, die meine Figur sowieso nicht entstellen konnten, es war mir alles egal. Schließlich hatte ich keine Lust mehr und zog die Sachen vom Vortag an. Ich knabberte ein paar Kekse, ging aus dem Haus, die Putzfrau würde schon abschließen, wenn sie fertig war. Ich nahm den Roller. Mein Telefon klingelte.

Hallo, hier ist Liesl.

Ena war dran.

Sonne. Staub. Vor mir, hinter mir. Aus dem Weg! Der Roller heult auf, brettert über die Straße, zerreißt die Luft, zerfetzt sie. Ein Haus, eine Kuh, ein Weidepfahl kommen auf mich zu, schießen vorbei, verschwinden wieder. Ich atme die Weite ein, habe keine Eile, fahre von selbst schnell, der Roller frisst sich durch die Felder, rast Richtung Stadt. Hinter mir senkt sich eine Staubwolke über die Welt. Ich rase, ich brülle und pulsiere.

Bald regnet es.

Wer sagt das?

Das Radio.

Ena will shoppen gehen.

Also gehen wir.

Ich habe Geld, aber was soll ich mir davon kaufen? Mir fällt nichts ein, ich trag dasselbe wie gestern.

Sieh mal! Ena zeigt auf einen Slip, einen ausgesprochen zarten Tanga.

Die Farbe?

Ein tiefes Dunkelrot.

Ich will aber einen giftgrünen.

Hier.

Ein himmelblauer. Warum nicht?

Nimm das Top dazu.

Wir trinken Milchshakes.

Ich will einen in Rosa.

Heute habe ich keinen Bock auf Jungs.

Warum nicht?

Sie sind so durchschaubar.

Wer nicht?

Wir lassen die Stadt hinter uns. Fahren nicht zur Scheune, nicht nach Hause. Wir haben nichts vor. Die Sonne steht noch genauso hoch. Der Staub hat sich nicht gelegt. Die Zeit scheint stehengeblieben zu sein. Dies ist dennoch nicht derselbe sich unendlich in die Länge ziehende Augenblick, in dem zwei Mädchen auf einem Roller die Ewigkeit erstürmen.

Wir fahren eine Weile an den Bahngleisen entlang, biegen dann in einen Weg ein, der querfeldein führt, hier und da ein kleiner Wald, Streifen Brachland mit Hochspannungsmasten darauf. Schwermütig hängen die Drähte in der Hitze durch. Strom auf dem Weg zu Tiefkühlgeräten, Wäschetrocknern, Kaffeemaschinen, Computern, Fernsehern, Musikanlagen, Lampen, Bohrmaschinen, Rasenmähern, Fleischwölfen, allem möglichen Quatsch. Verlassenheit in den Feldern. Die Pflanzen regen sich nicht. Die Bauern sehen nicht zu. Alles ist tödlich still.

Dann entdeckten wir den Mann.

Ihm war anzusehen, dass er nicht gucken wollte. Er kehrte uns den Rücken zu, sprang über einen Graben. Er wich von seinem geraden Kurs ab. Er wollte sich davonmachen.

Ena hatte seinen Blick gesehen, ich auch.

Ein Loser.

Sein Auto stand in einer Kurve, halb versteckt hinter einem Stapel Strohballen in Plastikfolie, die die Bauern dort hatten liegen lassen. Wir hielten an, blickten uns um. Er lief zwischen dem Getreide und dem Mais hindurch, als würde er an einem schweren Gewicht tragen, mit gesenktem Kopf. Wir machten kehrt. Ich schaltete den Roller aus. Der Mann blickte sich scheu um. Wir schlichen ihm hinterher. Ich warf den himmelblauen Tanga samt Top ins Kornfeld, die Sachen störten bloß.

Wir ließen ihm seinen Vorsprung, er war eine leichte Beute.

Er schlug einen weiten Bogen und bewegte sich langsam auf einen Hochspannungsmast zu. Der Mais versperrte uns für einen Moment den Blick. Er hatte uns nicht bemerkt oder schon wieder vergessen. Als wir aus dem Maisfeld traten, sahen wir, wie er seine Brieftasche durchsuchte und ein paar Papiere herausholte. Einige steckte er in die Hosentasche, andere zerriss er und warf sie weg. Wir hörten ihn etwas murmeln, konnten ihn aber nicht verstehen.

Ich sah ihn unsicher die schmale Leiter zur Spitze

des Elektrizitätsmastes hinaufklettern und nahm mir fest vor, ihn weiter hochzuscheuchen. Nach zehn Sprossen strahlte er einen kurzen Augenblick Entschlossenheit aus, dann, nach weiteren fünfzehn Sprossen, schien ihn jegliche Energie zu verlassen, er schleppte sich noch drei Stufen weiter. Als würde er sich fragen: Wozu die ganze Anstrengung? Was brachte ihm das? Noch ein kleines Stück und er konnte sich auf die erste Querstrebe setzen, schon ganz schön hoch über dem Boden, aber nicht hoch genug.

Ich musste mich zusammenreißen, um mich nicht einzumischen. Jetzt noch nicht. Er wirkte unentschieden.

Ena seufzte.

Der Mann warf etwas hinunter. Möglicherweise um den Fall auszuloten. Etwas fiel mit einem dumpfen Plumps ins Gras, seine Autoschlüssel vielleicht.

Dann kletterte er endlich auf die Querstrebe, richtete sich zu voller Größe auf, hielt sich aber an den Streben fest, ohne auch nur einen Moment loszulassen.

Er hob den Blick zu der Stelle, wo die Mastspitze in den Himmel ragte, blickte in die Ferne, bestimmt konnte er über den Mais hinwegsehen, hinter den Feldern die ersten Häuser der bewohnten Welt erkennen. Eine Weile blieb er unbeweglich stehen. Ich überlegte, was ihn anspornen könnte. Wenn er höher kletterte, würde er weiter sehen. Vielleicht war das ein Anreiz.

Plötzlich beugte er sich vor, starrte auf den Boden unter ihm. Das war nicht hoch genug, mit Sicherheit konnte er noch die Feldmäuse herumwühlen sehen.

Wollte er etwa einen Rückzieher machen?

Unbeherrscht, einem Impuls folgend, griff er zur Leiter. Fast wäre er ins Leere getreten, er kam wieder zu sich, schwebte einen Augenblick mit einem Fuß in der Leere, die staubige Hitze, alles erbarmungslos gleichgültig, wir, Ena und ich, warteten unterdessen ab. Er setzte den Fuß wieder sicher ab. Hangelte sich zögerlich weiter hinauf. Womöglich hatte er Höhenangst, wollte nur das Schicksal herausfordern, eine unpersönliche Entscheidung, was Menschen nicht alles tun, aber was machte das schon aus, er hangelte sich weiter.

Ich nahm mein Handy zur Hand, filmte, wie er dort wie ein Angsthase am Eisenmast klebte, sich hinaufzog, nichts anderes als ein kleiner Schisser.

Mach schon.

Es sah aus, als würde er fluchen, innerlich schreien, er stieß raue Laute aus wie ein Raubvogel oder wie ein Star, von denen es viel zu viele gibt und die man ohne weiteres ausrottet. Wir konnten ihn nicht verstehen und es interessierte uns auch nicht.

Na los!

Es dauerte nervtötend lang, ehe er die zweite Querstrebe erreichte, unter größter Kraftanstrengung klammerte er sich daran fest. Sein Keuchen drang bis zu uns, sein beklemmter Atem rasselte.

Seine blasse Zunge hing ihm wie ein Lappen aus dem Mund. Sein Gesicht verzerrt vor Verzweiflung.

Er blieb sitzen. Eine Minute. Zwei Minuten. Als wäre er festgefroren, an das Eisengestänge genagelt wie eine Vogelscheuche.

Jetzt aber los.

Mit einer Hand wühlte er in seinen Jackentaschen, mit der anderen klammerte er sich ängstlich fest. Er wurde fündig, offenbar hatte er nach Stift und Papier gesucht. Trotz der unbequemen Haltung – mit einem Arm umschlang er weiterhin den Strommast – sah es aus, als würde er schreiben. Es ging nicht voran, er zog die Handlung unnötig in die Länge. Plötzlich fielen ihm die Schreibsachen aus der Hand, entglitten ihm mit einem Fluch. Der Stift sowie die Brieftasche, die ihm als Schreibunterlage gedient hatte, fielen in einem müden Bogen hinunter, das Papier trudelte launig an der Leiter vorbei, um auf halber Strecke in einer Verstrebung hängenzubleiben. In einem Reflex hatte sich der Mann noch vorgebeugt, um nach seinen Sachen zu greifen. Fast hätte er das Gleichgewicht verloren. Panisch krallte er sich mit beiden Händen an die Streben neben und über sich und stieß sich den Kopf an einer Kante.

Fast wäre es ein Unfall gewesen.

Flügelschlagend wie ein kranker Vogel erlangte er das Gleichgewicht wieder. Offenbar verschaffte ihm dieser Vorfall neue Energie, Adrenalin. Er richtete sich auf, stellte sich mit beiden Füßen auf die Querstrebe, die Hände am Körper. In perfektem Gleichgewicht. Kein Lüftchen regte sich. Die Erde zog ihre Bahnen. Jetzt musste der Mann über die ersten Häuser hinwegsehen können. Hoch genug war er.

Jetzt mach schon.

Er setzte sich erneut, klammerte sich fest. Ab und zu rief er etwas, stieß eine Verwünschung, eine Klage aus, seine Stimme trug nicht weit, es ließ sich nicht mit Sicherheit sagen. Dann straffte er den Rücken, ließ eine Hand los, beugte sich vor wie zum Kopfsprung, richtete sich jedoch schließlich wieder auf und blieb sitzen. Mit dem Fuß tastete er nach der Leiter. Als würde sich dort fester Boden befinden. Wollte er etwa wieder hinunter?

Er zog den Fuß zurück, richtete sich mühsam auf.

Dort stand er. Er tat nichts. Ich hatte ihn mit meinem Handy genau im Visier. Die Maisblätter raschelten. Der Mann rührte sich nicht. Er blickte nicht nach unten, nicht in die Ferne. Vielleicht hielt er die Augen geschlossen, oder sie waren geöffnet, aber der Mann nahm nichts wahr, weil er schon alles gesehen hatte und wusste, dass dem nichts hinzuzufügen war. Alles wartete, der ganze Nachmittag wartete, das Gras, der Mais, die Hitze. Ich hielt das Handy im Anschlag.

Spring endlich, rief ich.

Los, spring schon, rief Ena.

Der Mann wandte sich uns zu, sagte aber nichts.

Spring, wiederholte ich mit der Hand am Mund.

Worauf wartest du noch?, rief Ena.

Er reagierte nicht, blieb einfach nur stehen.

Hast du Schiss?

Wovor denn? Nach unten musst du sowieso. Los, spring.

Mach einen Köpper.

Vielleicht kannst du ja fliegen.

Lass mal sehen.

Wir sahen, dass er nervös wurde, er tastete nach der Leiter, ließ sie wieder los. Er wand sich, schwankte. Er konnte sich nicht entscheiden.

Er darf nicht auf die Leiter zurück, flüsterte ich, das ist eine einmalige Gelegenheit.

Komm schon, rief ich, du kannst es.

Du weißt, dass du es willst. Was hast du zu verlieren?

Du bist doch kein Feigling?

Keine Antwort. Nichts passierte.

In der Ferne donnerte ein Zug vorbei. Unsere Stimmen hallten nicht wider. Die Stromleitungen summten nicht. Wenn wir schwiegen, war es still.

Wir warteten einen Moment.

Trau dich! Du bist kein Feigling.

Wir sind deine Zeugen.

Überleg nicht so lange, spring!

Das Schwerste hast du hinter dir. Du wirst frei sein.

Schweben.

Wir glauben an dich.

Du kannst es.

Wir riefen durcheinander.

Er gab keinen Laut von sich, rührte sich nicht. Er blieb einfach aufrecht stehen, hielt sich nur mit einer Hand fest. Er rief nichts zurück, machte keine Gebärden.

Er zögert, sagte Ena.

Falls er herunterklettern sollte, haben wir noch immer alle Zeit, uns aus dem Staub zu machen.

Lass uns noch ein Mal rufen.

Jetzt spring doch endlich, was hält dich noch davon ab?

Wir wissen, dass du es kannst.

Du bist kein Feigling.

Wir drücken dir die Daumen.

Komm schon.

Er ließ den Mast los, stand mit beiden Füßen auf der Querstrebe, bereit, sich abzustoßen, die Schultern hochgezogen, die Jackenärmel schlenkerten herum, als wären keine Arme darin.

Doch wieder passierte nichts.

Okay, rief ich, bist du bereit?

Hier unten erwartet dich nichts als Elend. Das wird sich nie ändern. Du kannst dem ein Ende setzen.

Das weißt du doch. Was hält dich noch zurück?

Du bist stark.

Lass dir von niemandem reinreden. Entscheide dich. Spring!

Ja. Komm runter, rief auch Ena.

Plötzlich ruderte er mit den Armen in der Luft. Er ging in die Knie.

Wir hatten nicht mehr damit gerechnet.

Dann sprang er oder ließ sich vielmehr fallen.

Idiot, rief ich.

Trottel.

Dummkopf.

Lachten wir ihn aus.

Während er fiel.

Eineinhalb Sekunden, doch unser Hohn und unsere Beschimpfungen würden ihm für immer und ewig in den Ohren klingen. Wir lachten ihn aus, doch der Mann konnte nicht umkehren. Er schoss durch die Luft, seine Jacke wehte auf, senkrecht, in direkter Linie, stürzte er herab.

Dann ein kurzes, sattes Aufklatschen.

Wie wenn man einen nassen Scheuerlappen auf den Boden wirft.

Gefolgt von Stille. Und dann unserem Gelächter.

Sein Kopf war merkwürdig hintenüber geknickt, ein Tropfen Blut hing ihm an der Nase. Ein Arm lag verrenkt unter dem Rumpf, seine Schulter war wohl ausgekugelt. Er hatte einen Schuh verloren, wir konnten ihn nirgends finden. Er gab keinen Ton mehr von sich, nicht einmal ein Röcheln. Seine Brieftasche fanden wir im Gras. Wir fischten die Scheine und Münzen heraus. Den Rest ließen wir liegen. Der Mann lag halb in einer Kuhle. Wir machten kehrt und fuhren mit dem Roller davon.

Siehst du? Sogar mit dem Tod werde ich fertig. Das ist doch ganz leicht, was bedeutet es schon? So leicht wie eine Katze, die überfahren wird. Warum nicht, wenn man sich nicht anstrengen muss? Es gibt über sechs, bald sieben Milliarden Menschen, einen nach dem anderen. Jeden Tag muss jemand sterben, so ist das nun mal. Das ist wie ficken, ohne schwanger zu werden – genauso muss man jemanden töten können, ohne zum Mörder zu werden.

Rohstoffe

So sah es aus.

Wir machten weiter wie immer, als wäre Femke nur kurz abwesend, als müsste ihre Abwesenheit bloß überbrückt werden.

Notgedrungen nutzten wir Jungen die Gelegenheit, im Interesse der Gruppe außerhalb herumzuvögeln.

Wir bedienen keine Kunden, sondern liefern Rohstoffe.

Karl machte als Erster den Vorschlag: Ob wir uns nicht ein neues Mädchen suchen sollten.

Schon seit Tagen goss es in Strömen, wir sahen auf die trostlosen Dächer des Viertels, dahinter hüllte sich der Horizont in graue Wolken, die Fenster waren schmutzig, es war unmöglich, klar zu sehen. Die

Außenwelt war genauso eintönig wie das Leben meines Vaters.

Als die Sonne sich wieder hervortraute, die Bauchnabel entblößt wurden, die Caféterrassen lange, in Dämmerlicht und Parfum getauchte Abende versprachen, da wollten alle wieder ficken.

Wir entwickelten ein Profil der Mädchen, die wir gebrauchen konnten. Sie mussten naiv sein, aber auch stolz, sie mussten älter wirken, als sie waren, oder umgekehrt, und sie durften keine richtigen Freundinnen oder Freunde haben.

Wir würden sie schrittweise in unsere Aktivitäten einbeziehen. Keinesfalls durfte der Eindruck entstehen, wir hätten das alles geplant.

Es machte Spaß, es war spannend, wir hatten ein Ziel und vor allem ein vorgegebenes Schema, nach dem wir jagten, nicht aufs Geratewohl. Wir vögelten nicht zu unserem eigenen Vergnügen, sondern für die Gruppe, oder wie Jens es ausdrückte, für das Unternehmen.

Thomas hatte sich rasiert. Der Flaum auf Kinn und Oberlippe, die Flusen auf den Wangen waren weg. Ena ließ als Erste eine Bemerkung darüber fallen. Doch wir hatten es alle gleich gesehen, und vor allem gerochen: Er hatte sich mit Aftershave übergossen. Nicht zarte Babyhaut war darunter zum Vorschein gekommen, sondern Akne.

Karl hatte ein Mädchen im Auge, meinte, dass es in einer Woche so weit sein könne.

Dann zeig mal, was du draufhast, spottete Liesl.

Es dauerte keine Woche.

Wir hatten Geld. Wir gingen aus, meistens freitags oder samstags. Zusammen oder allein, je nachdem wie es lief, je nach unseren Interessen und Möglichkeiten. Wir gingen auf Partys und Konzerte, Jahrmärkte, Festivals, ins Kino, in Discos, zu Veranstaltungen, an alle Orte, an denen wir Mädchen treffen, quatschen, Interesse zeigen, schmeicheln und flirten konnten. Wir gingen zum Friseur, schmierten uns Gel in die Haare, trugen Käppis, Sonnenbrillen, teure Schuhe, Markenhosen, wir sahen gut aus, ein gönnerhaftes Lächeln um den Mund, Jens leicht schüchtern, Thomas Überheblichkeit im Blick, was man – fälschlicherweise – auch für einen Schutzschild halten konnte, hinter dem er seine Unsicherheit verbarg, und Karl mit seinem unbekümmerten, offenen Gesichtsausdruck. Wir wussten, was wir wollten, wie unsere Erfolgsaussichten aussahen, wie wir Möglichkeiten schaffen mussten.

Wir lebten, als wäre der Tod ein Irrtum.

Liesl, Ruth und Ena erzählten wir von unseren Eroberungen, unseren Fortschritten. Karl hatte Wort gehalten. Noch vor Ablauf der Woche hatte er sich das Mädchen, über das er gesprochen hatte, auf den Schwanz gespießt.

Sie taugte nichts.

Sie hatte geweint. Das hätte sie niemals gewollt,

sie sei schwach geworden, er hätte sie überrumpelt, sie überredet, sie hätte sich nicht getraut, sich zu wehren, sie hätte doch nur knutschen wollen, einander spüren, betasten, auf den Rand zutreiben, aber nicht über ihn hinweg. Seinen Schwanz anfassen, das ja, aber doch nicht, dass er in ihr kam – und dann war es passiert.

Karl hatte gelacht, geschrien, dass sie sich anstelle, dass sie doch alle Zeit der Welt gehabt hätte, ihn abzuweisen. Tatsächlich sei es aber schnell gegangen, gab er zu, mit seiner Entschlossenheit sei er ihrer Trägheit zuvorgekommen. Er habe schon auf ihr gelegen, als sie noch glaubte, er wolle bloß ihren Hals küssen. Sie wusste nicht, dass er sich einen Weg suchte, dass er, ohne Zuhilfenahme der Hände, ohne jede Führung auf einmal mit einem gewaltsamen Stoß ihren Scheideneingang finden und in sie eindringen würde. Sie weinte. Jean-Luc Nancy, wenn ich mich recht erinnere, hat schöne Passagen über den Eindringling geschrieben. Wie ein Eindringling ein Leben bereichern kann. Ich hielt den Mund, Karl wollte das bestimmt nicht hören.

Es gab auch andere Eroberungen.

Wir besprachen sie mit unseren Mädchen. Nach einigem Hin und Her wählten wir zwei aus, mit denen wir es versuchen wollten. Jens lieferte Sarah, Thomas Loesje.

Sarah, so urteilten wir, war eine Schlampe, zu eigenwillig, um durchtrieben zu sein. Es machte sie an, wie beiläufig Jens sich, trotz seiner berechnenden und ausgekochten Art, das Geld aus der Tasche ziehen ließ, obwohl er gleichzeitig behauptete, sparsam zu sein.

Er hatte sie auf den Jahrmarkt mitgenommen, zu verschiedenen teuren Vergnügungen, er hatte viel Zeit und Geld verwendet, und ihr schließlich einen protzigen Ring vom Rummelpatz an den Finger gesteckt. Nachdem er so viel für sie getan, ihr an einem einzigen Tag so viel Freude bereitet hatte, war er regelrecht froh über das armselige Vergnügen, das sie ihm, den Ring am Finger, am Abend im dunklen Schatten eines dicken Baumes gewährte und ihn schließlich, wenn auch im Stehen und nur zögerlich, in sich eindringen ließ. Wie ein Klecks geronnene Milch landete sein vorschneller Samen, zwischen ihren Füßen, auf dem Boden.

Jens wusste genau, wie viel er für sie ausgegeben hatte und zu welchen Gelegenheiten sie das mit welchen Diensten zurückverdienen konnte.

Am nächsten Tag verabredete er sich erneut mit Sarah. Sie gingen ins Kino, er bezahlte die Getränke und das Popcorn. Während des Films grub er die Hand in ihren Slip. Sie rutschte sofort nach unten und spreizte die Beine anstandslos. Die ganze Hubschrauberszene über hatte er drei Finger in ihr. Sie gab keinen Laut von sich. Nach dem Film stellte sie ihn ihren Freundinnen vor, die, wie sich herausstellte, keine wirklichen Freundinnen waren – Jens hatte sie richtig eingeschätzt, sie war eine geile Einzelgängerin auf der Suche nach billiger Wärme und ebensolchem Luxus.

Wir gaben ihr zehn von zehn Punkten.

Auch Loesje schien uns sehr geeignet.

Thomas hatte mit ihr getanzt, ihr erst einen Drink spendiert und anschließend einen weiteren. Sie hatten herumgealbert und gelacht. Sie hatte sich aufgedonnert wie ein Flittchen, um älter auszusehen, als sie war. Thomas füllte sie ab. Vielleicht bekam sie es mit, aber ihre tatsächliche Reife verhielt sich umgekehrt proportional zu ihrem angeblichen Alter. Loesje ließ sich abfüllen. Danach war sie völlig kraftlos, konnte sich gegen nichts und niemanden zur Wehr setzen. Thomas setzte ihr Handy außer Gefecht und lotste sie zu einer verlassenen Stelle zwischen Garagen. Dort ließ er sie zurück. Sie lehnte an einer Wand, nicht in der Lage zu stehen. Sie stöhnte ab und zu, faselte etwas Unverständliches, versuchte zu rufen, aber ihr fehlte die Kraft, etwas zu artikulieren – sie klang genauso mitleiderregend wie eine Katze.

Thomas rief uns an und erklärte uns, was er vorhatte.

Karl und ich hatten Zeit. Ich holte den Roller bei Ruth ab. Wir beeilten uns. Thomas sah, wie Loesje hilflos fluchend versuchte, sich aufzurichten, kurz darauf hörte er sie beruhigend eintönig schnarchen. Dann ertönte das Knattern des Mopeds und des Rollers, die auf das Gelände fuhren.

Wir betrachteten das schlafende Mädchen. Sie hatte erst »Stella«, dann andere, schwere Biersorten getrunken, danach Bier mit Gin und Whiskey, Thomas zeigte uns die Fläschchen. Sie hatte davon keine Ahnung, sie schlief wie ein Stein, wie ein Murmeltier, wie ein Baby.

Wir hatten alles dabei, um das Thomas uns gebeten hatte. Er zündete sich eine Zigarette an. Wir hörten, wie er den Rauch geräuschvoll ausatmete, ruhig und selbstsicher.

Vorsichtig hoben wir Loesjes Kopf an, streiften ihr ein Schweißband über, so ein breites, festes mit einem Nike-Logo darauf, und schoben es ihr über die Augen.

Wir öffneten ihre Kleidung. Spucke lief ihr aus dem Mund wie die langgezogenen Laute, die sie hin und wieder murmelnd von sich gab. Wir zogen ihr die Stiefel, die Strumpfhose und den Slip aus. Wir schoben ihren Rock hoch. Ihre Möse sah klein und furchtbar verschlossen aus.

Wenn man sie leckt, kann man den Alkohol bestimmt schmecken, grinste Thomas.

Wieder zündete er sich eine Zigarette an. Ich wusste nicht, dass er rauchte. Das gab ihm ein gewisses Etwas, an das ich mich erst gewöhnen musste. Wir blickten hinauf zum kalten Mond. Nichts und niemand konnte uns etwas anhaben. Einen Augenblick lang standen wir wartend in einem Winkel des Weltalls und hinter uns lag Loesje, die nicht mal wusste, dass sie auf etwas wartete.

Worauf?

Wir trugen sie in eine der Garagen. Wir durchwühlten ihre Handtasche, brachten ihre Adresse und ihr Alter in Erfahrung. Thomas kniete zwischen ihren Beinen, Karl leuchtete ihm.

Loesje war ahnungslos, niemand außer uns dreien wusste etwas davon. Wir stellten nichts mit ihr an, was ihr Körper nicht aushielt, sie war zu besoffen, um sich an etwas zu erinnern, sie konnte weder Ort noch Zeit, weder eine Person noch eine Handlung benennen, für sie würde es sein, als wäre es nie passiert.

Ich roch ihren sauren Alkoholatem. Sie rülpste.

Thomas nahm eine Rolle Nähgarn, die Karl ihm reichte, wickelte ein Stück ab und pinkelte gegen die Wand. Er hielt das Garn vor seinen Schwanz, der Faden krümmte sich im Urinstrahl.

Wir hatten die Taschenlampe auf den Boden gestellt. Das Licht beleuchtete Loesjes weißes Fleisch und warf unsere Schatten groß und undeutlich an Wände und Decke.

Karl hantierte mit dem Messer, Thomas seifte sie ein, ich sah zu, wie Loesje ihren Rausch ausschlief. Dicker Sabber tropfte von ihrer Wange. Leise lachend rasierten sie ihre Scham.

Danach holte Thomas das Rasiermesser aus der Hülle, nahm es zwischen Daumen und Zeigefinger und setzte es auf Loesjes in kaltem Schweiß gebadeten Unterleib. Mit sicherer Hand – obwohl er auch getrunken haben musste – ritzte er die obere Hautschicht ein und machte einen leichten Schnitt in die tiefer gelegene Hautschicht, sodass erst Sekunden später Blutstropfen hervortraten. Er nahm ein Stück von dem Bindfaden, auf den er gepinkelt hatte, und zog ihn durch den Staub und den Schmutz auf dem Boden, hielt die Wunde mit zwei Fingern auf und drückte den Faden vorsichtig hinein. Anschließend setzte er einen neuen Schnitt und wiederholte jeden einzelnen Schritt. Er brauchte eine Viertelstunde. Ich nahm an, dass Thomas wusste, was er tat und wie weit er gehen konnte, er hatte was von einem Chirurgen.

Karl und ich sagten nichts, wir sahen zu, Loesje, schwer atmend und sternhagelvoll, zeigte keinerlei Reaktion. Als Thomas fertig war, hatte er in eckigen Buchstaben NUTTE in ihre Scham geritzt. Durch den in Pisse und Dreck getränkten Bindfaden würden sich die Wunden entzünden statt zu verheilen, und das Wort würde noch eine ganze Weile sichtbar sein. Wir wüssten, welche Botschaft sich unter ihrem nachwachsenden Schamhaar verbarg.

Wir lachten in uns hinein, sie war kein unbeschriebenes Blatt mehr. Wie schmal war der Grat zwischen Schweigen und Zustimmung? Sich in Schlaf wiegen zu lassen, reichte vollkommen. Loesje erlaubte uns alles, wozu ihr Körper uns einlud.

Ab und zu erschauerte sie, bewegte kraftlos einen Arm oder ein Bein.

Sollen wir sie nicht wieder anziehen?, schlug ich vor.

Karl und Thomas nickten.

Wir stützten sie ab, brachten sie mit einiger Anstrengung zum Roller, hievten sie auf den Gepäckträger. Ich fuhr ganz langsam, Thomas hielt sie, neben dem Roller herlaufend, aufrecht. Sie blies mir ihren Alkoholatem in den Nacken.

Wir brachten sie in unsere Wohnung, die mitten in der Nacht einsam und verlassen dalag. Es wurde Sommer, bald würde es schon wieder hell werden. Ich gähnte, ich wollte ins Bett.

Als wir Loesje vom Roller zerrten, kotzte sie. Eine eklige, stinkende Lache landete auf meinen Füßen, spritzte auf meine Schuhe und Hosenbeine. Thomas wischte ihr den Mund mit ihrer Jacke sauber. Wir trugen sie nach oben. Sie stank säuerlich. Wir legten Loesje auf eines der Betten.

Ich gehe nach Hause, schlafen, sagte ich.

Thomas nickte, er schickte auch Karl weg.

Später erzählte er, er habe kontrolliert, ob die Fäden noch immer schön in der Wunde lagen. Einer war an einer Stelle verrutscht. Thomas spreizte den Schnitt wieder auseinander, klebte den Faden erneut hinein, drückte ihn mit Spucke fest.

Im Badezimmer ließ er sich Wasser über die Handgelenke laufen, wusch sich das Gesicht. Er setzte sich zu Loesje und sah durch das Fenster dabei zu, wie die Welt hell wurde, suchte auf dem iPod einen beliebigen Soundtrack, der zu diesem Tagesanbruch passte.

Loesjes Gesicht war grau, ihr Make-up verlaufen,

rissig rund um die Augen, und auf den ausgetrockneten Lippen befanden sich Spuren von Erbrochenem. Sie schnarchte wieder, doch durch seinen iPod hörte er es kaum.

Ein Auto fuhr durch die Straße, Thomas sah den Lichtstrahl über die Häuserfassaden streifen. Schließlich dämmerte die Sonne herauf. Tatsächlich im Osten. Er hatte genug vom iPod, zog die Stöpsel aus den Ohren. Loesje schnarchte. Sie stank.

Thomas öffnete das Fenster. Die ersten Mücken kamen herein. Er lehnte sich auf einem Stuhl zurück, die Beine auf der Fensterbank, Füße nach draußen, bereit für die ersten Sonnenstrahlen, die gleich zwischen die Häuser durch die Straße wandern würden.

Er hörte Gepolter. Jemand kam die Treppe hinauf. Ena mit einem jungen Kunden. Sie war unermüdlich. Er sah ihr Gesicht durch den Türspalt, sie warf ihm einen besorgten Blick zu, er scheuchte sie weg, worauf sie sich zurückzog. Sie musste das kleine Schlafzimmer nehmen. Wenige Minuten später schon konnte er die beiden hören. Ena stieß einen spitzen Schrei aus, von dem Thomas wusste, dass er nicht das bedeutete, worauf der Kunde hoffte. Es war wie das Klingeln einer Kasse. Zwanzig Minuten später war er mit Loesje wieder allein in der Wohnung. Die ersten Sonnenstrahlen streiften jetzt sein Gesicht. Er schloss die Augen, döste ein. Er wollte wach sein, wenn Loesje zu sich kam.

Es war fast Mittag, als er erste Anzeichen bemerkte. Er beobachtete, wie sie die Zunge zwischen die Lippen schob. Ihr Mund musste trocken und rau sein. Sie versuchte, die Augen zu öffnen, krauste die Stirn, ihre Lider flatterten. Er stellte sich neben sie. Sie würde entweder mit leerem Kopf aufwachen oder mit Kopfschmerzen. Denken würde eine zähe Angelegenheit werden – als müsse sie sich durch Sirup kämpfen. Ihr würde nur langsam aufgehen, dass sie nicht in ihrem eigenen Bett lag. Als Erstes würde sie ihn erkennen.

Was hast du hier zu suchen, und ich? Wo sind wir überhaupt?

Er würde sie beruhigen. Er beugte sich zu ihr, verzog sein Gesicht zu einem liebevollen Ausdruck.

Ich habe dich hierhergebracht. Mit tränenerstickter Stimme.

Hier bist du in guten Händen, in meinen Händen.

Sie würde nicht begreifen. Er würde ihr alles erklären. Er habe sich gefragt, warum sie ihn abgewiesen habe. Sie sei auf die Avancen einer Gruppe vollkommen Unbekannter eingegangen. Er sei ihr gefolgt. Sie hätten sich zu einer Halle aufgemacht, wo eine Party im Gange gewesen, wo getanzt, getrunken, geschnupft und gespritzt worden wäre.

Loesje erinnerte sich an nichts.

Er könne es kaum glauben: Sie sei mittendrin gewesen, geil, ausgelassen, unermüdlich. Sie habe mit drei Männern gevögelt, ihn aber abgewiesen.

Warum?

Sie stritt alles ab. Er wich nicht von seiner Version ab, sie habe sich von drei Männern bumsen lassen, von einem der Typen sogar zweimal. Er wollte schwören. Sie konnte es nicht glauben. Oder doch?

Sie habe Kopfschmerzen, einen Kater, sie habe zu viel getrunken. Das musste er zugeben. Sie hatte Angst, dass er sie auf den Arm nahm.

Sie hatte ihren Unterleib noch nicht gesehen.

Ihre Verwirrung würde noch größer werden.

Er sei wütend gewesen, habe sie verflucht, weil sie ihn abgewiesen hatte, das gab er zu – aber warum nur?

Sie musste zur Toilette. Er half ihr vom Bett auf.

Plötzlich war die Polizei gekommen, alle hätten sich aus dem Staub gemacht, Hals über Kopf. Die Polizei habe willkürlich Leute festgenommen, Blaulicht überall, das totale Chaos. Er habe sich um sie gekümmert, die anderen hätten sie im Stich gelassen. Ihnen war die Flucht gelungen, er hatte sie hierhergebracht, in die Wohnung von Freunden, er habe sich nicht getraut, sie in diesem Zustand nach Hause zu bringen. Er half Loesje auf die Toilette. Sie hatte es noch immer nicht gemerkt.

Ihre Scham brennt und sie will sich kratzen. Ihre Schamhaare sind verschwunden.

Sie fühlte sich elend, missbraucht. Er war überzeugend. Sie musste ihm glauben. Die Beweise lagen offen zutage, auf ihrem Körper.

Sie kreischte, hatte nicht die Kraft, um hysterisch

zu toben. Das Kreischen brach ab, ging in ein klagendes Gejammer über, als er ihr unter die Dusche half, sie sich auszog, Erbrochenes auf ihrer Jacke, NUTTE über ihrer Möse. Thomas wimmerte mit ihr. Er jammerte, dass es ihm nichts ausmache, er wolle sie so, wie sie war, er würde auf sie aufpassen, wenn sie nur wolle. Sie weinte und er duschte sie von oben bis unten ab. Sie fühlte sich allein, sie litt an einem Kater, sie hatte nur Thomas, als sie jammernd wieder einschlief.

Amüsiert hörten wir uns seine Geschichte an. Wir grinsten. So musste sich das wirklich abgespielt haben. Karl und ich konnten es bezeugen. Nachmittags gab sie nach, er hatte sie vögeln dürfen. Thomas hatte sein Glück versucht und gewonnen. Er wusste genau, was er tat. Nicht mehr lange und Loesje wäre ein Gewinn.

Wir trafen uns alle ganz entspannt. Die Vögel zwitscherten, Grashüpfer saßen in der Wiese, wir hatten die Scheune ausgefegt, auf einem Gaskocher machten Ena und Karl Pfannkuchen und kleine Pizzen warm, es gab Bacardi-Breezer, Bier, Cola, Chips, Würstchen. Wir wollten einen guten Eindruck machen, wollten es uns gutgehen lassen.

Thomas stellte uns Loesje, Jens stellte uns Sarah vor. Wir küssten sie zur Begrüßung. Wir waren nett zueinander. Wir aßen, tranken und spielten unschuldige Spiele.

Ena steckte ihre Hand ungeniert in meine Hose

und behauptete, sie suche ihren iPod (später fand Jens ihn). Karl küsste Liesl, ließ seine Hand dabei auffällig zwischen ihre Schenkel gleiten. Kurze Zeit später streichelte er Ruths Brüste. Jens ließ sich von Ena streicheln. Wir wollten die Mädchen mit unseren Gewohnheiten vertraut machen, um an unser Ziel zu kommen.

Thomas hatte Loesje innerhalb weniger Wochen komplett bearbeitet.

Liesl war jetzt ganz mit Sarah beschäftigt. Sie unterhielt sich mit ihr, als wären sie Freundinnen. Sie sprachen über Dessous. Wie man Jungs damit beeindrucken kann. Aber den größten Eindruck mache man natürlich ganz ohne.

Wenn man sich ausgezogen hat, wird erst richtig wichtig, was man sonst noch trägt, sagte Liesl, ohne einen Hauch von Ironie. Dann trägt man sein Innerstes nach außen, man trägt eine Haltung, Intentionen, Emotionen, ein Ziel zur Schau. Guck, sagte sie.

Sie zog sich aus. Als täte sie es nur für Sarah. Um es ihr beizubringen. Aber wir waren natürlich auch dabei. Wir hatten keinen blassen Schimmer von Liesls schauspielerischem Talent. Sie zog einen Schmollmund wie eine Kindfrau, strahlte selbstbewusst wie ein Tennisstar, in einer Mischung aus Reserviertheit und Direktheit gebärdete sie sich überheblich wie eine verwöhnte Göre, sie kokettierte, schämte sich, schien einmal asexuell und frigide und dann wieder eine eigenwillige Miezekatze zu sein, sie ließ ihre ganze Bandbreite sehen, mit der sie den Preis bei den Kunden in die Höhe trieb.

Siehst du, wenn du nackt nichts zur Schau trägst, helfen dir auch Klamotten nichts. Versuch's mal.

Sie warf Sarah einen ermutigenden Blick zu, als wären wir überhaupt nicht da. Loesje hing an ihren Lippen. Wir überließen Liesl alles. Sie half Sarah dabei, das Kleid aufzuknöpfen.

Sosehr sie sich auch anstrengte, Sarah konnte ihr nicht das Wasser reichen und blieb so farblos wie eine graue Maus. Allerdings eine mit kleinen, runden, milchweißen Brüsten und Brustwarzen, die an helle Rosinen erinnerten, und einem struppigen Büschel Haar unterhalb des Bauches, von wo uns die schmale Spalte schon liebevoll anlachte. Aber sie selbst hatte noch keine Ahnung davon.

Was glotzt ihr so, wandte sich Liesl auf einmal an uns, was habt ihr denn so ganz ohne Klamotten vorzuzeigen, hm?

Wir grinsten.

Als es schon fast Abend wurde, ließ Thomas sich die Augen verbinden. Ruth und Loesje zogen ihm die Hose herunter, ließen ihn hinknien. Ena holte ein Tampon aus ihrer Tasche. Liesl steckte ihn problemlos in Thomas' After. Er erriet es auf Anhieb, das war leicht.

Wir spielten aufs Neue unsere Spiele, vermieden den Gedanken an Femke, der sich uns schließlich auch nicht mehr aufdrängte. Wir spielten mit der Zukunft.

Wir hatten die Mädchen gut ausgewählt. Noch bevor die Sonne in diesem Sommer ihre volle Kraft entfaltete, machte sich Loesje eines Nachmittags mit Liesl auf zu ihrem ersten Kunden. Sarah tat es das erste Mal mit Jens, anschließend mit Karl vor der Kamera, und hinterher auch mit Freiern.

Wir müssen unseren Umsatz erhöhen, wenn wir unsere Finanzen auf Stand halten wollen. Eigentlich hätte ich am liebsten mehr Einnahmen, was meinst du dazu?

So lange die Mädchen mitmachen.

Nein, so lange wir wollen, Mädchen finden wir immer, sagte Thomas.

Sauerstoff

Ob's mir leidtut? Weswegen? Warum? Wozu soll das gut sein? Mir tut nichts leid. Mit so was halte ich mich nicht auf.

Zeitverschwendung?

Zeit ist da, ganz egal, ob du sie nutzt oder nicht. Vergangenheit, Zukunft, das alles sind Bezeichnungen im Nachhinein, allesamt überholt, sogar das Wort Gegenwart dauert zu lang, um es auszusprechen. Ich mache, wozu ich Lust habe, egal wie viel Zeit mich das kostet. Das ist mein Leben. Was auch immer ich behaupte, das ist mein Leben, das hat niemand in der Hand.

Neidisch?

Mit wem soll ich mich denn messen? Und warum?

Andere interessieren mich einfach nicht so, nicht auf eine Weise, die sie betrifft.

Ob ich stolz bin?

Auch nicht. Warum denn? Nenn mir ein Beispiel für etwas, auf das es sich lohnt stolz zu sein. Meine Geburt? Meine Herkunft? Die Chancen, die ich hatte? Die, die ich genutzt habe? Das, was ich daraus gelernt habe? Der Mensch, der ich bin?

Ich lebe mein Leben – ist das ein Verdienst? Ich kann nicht anders. Aber ich tue es aus Überzeugung. So bin ich nun mal. Mir bleibt nichts anderes übrig: Adrenalin, Testosteron, Hirnwindungen – ein aufregender Cocktail. Mein Herz hört nicht auf zu schlagen.

Selbstbewusstsein, Großkotzigkeit, Coolness, geht es darum?

Weißt du, wir ließen uns gehen, hingen ab – Langeweile hin oder her. Wir unternahmen immer mehr außerhalb unserer Clique, Ruth hatte eigene Freundinnen, Ena auch, Karl zog mit einem Freund los, der wie er an Motorrädern herumschraubte, und manchmal liefen wir uns dabei doch wieder über den Weg, jeder aus einer anderen Ecke. Uns war nicht klar, wie intensiv unser Leben war, wir hatten keinen Maßstab, keinen Bezugspunkt, wir machten nur, wozu uns *das Leben* einlud. Wir atmeten in vollen Zügen. Wir entzogen der Welt Sauerstoff und gaben sie dem Leben. Große Worte, ich weiß, aber so fühlte es sich an. Keiner von uns hatte den Eindruck, dass er zu weit ging.

Ehe wir uns versahen, war Femke tot.

Aber das Leben rauschte weiter, es tobte, trieb uns an. Ihr Tod war nicht unserer. Es machte wenig Sinn, innezuhalten und zu grübeln. Das Leben hält nicht inne. Im Gegenteil, Femkes Tod setzte etwas in Bewegung, etwas, was sich unabhängig von uns seinen Weg bahnte und was ich damals nicht hätte benennen können. Aber wir spürten es.

Sarah und Loesje gehörten nie richtig dazu. Das war von Anfang an klar, ohne dass es jemand auszusprechen brauchte. Femke hatte sich durch ihren Tod außerhalb der Gruppe gestellt. Wir hatten alles mit- und füreinander getan, waren acht Herzen und eine Seele, und plötzlich war da ein Individuum. Wir sprachen es nicht aus, waren jetzt sieben Herzen und eine Seele, taten alles für- und miteinander, aber sterben war allein Femkes Angelegenheit.

Wir teilten alles, hatten aber nicht ein und dasselbe Bewusstsein.

Ich kann es nicht besser erklären.

Damals waren wir fast eins, verstanden uns ohne Worte. Die Grenzen der Gruppe waren erreicht, doch das musste noch zu jedem von uns durchdringen. Sarah und Loesje hatten einfach keine Chance. Die Gruppe brauchte sie als Einzelne. Schon die Spielchen mit ihnen richteten sich gegen sie.

So war es jedenfalls für mich, vielleicht nicht für die anderen. Das muss man sie schon selber fragen.

Loesje verhielt sich wie das persönliche Flittchen von Thomas. Er konnte sie zu allem bringen. Eines Abends nahm er sie auf die Party von einem Motorradclub mit und brachte sie dazu, es mit zwölf vor Fett strotzenden Typen zu machen, ohne aufzumucken. Sie himmelte Thomas an, hielt ihn für ihren Entdecker oder Beschützer, oder hatte einfach nur Angst vor ihm. Egal, unsere Mädchen mochten sie nicht. Sie hielten sie für eine Wichtigtuerin, eine Speichelleckerin, eine charakterlose Göre. Natürlich war das übertrieben.

Wie alle Einkünfte, teilte Thomas das Geld der Motorradjungs mit uns. Sarah und Loesje blieben außen vor.

Es regnete und stürmte derart heftig, dass es aussah, als würde es den düsteren Mond vom Himmel fegen. Liesl hatte bei dem Unwetter keine Lust, Roller zu fahren. Sie rief Thomas an. Er sorgte dafür, dass Loesje hinging.

Nimm eine Plastiktüte mit trockenen Klamotten mit.

Eigentlich war sie schon auf dem Weg ins Bett.

Ein Notfall, beharrte Thomas. Ich komme nachher zu dir.

Dann konnte die dumme Kuh den Wohnungsschlüssel nicht finden, also folgte sie dem Kunden in sein Auto.

Völlig durchnässt ließ sie sich auf einer schmalen Rückbank nehmen. Als der Typ sie auch noch beleidigt hatte und sich weigerte, den vollen Betrag zu bezahlen, ließ er sie im strömenden Regen stehen.

Thomas, der den Schlüssel auf Anhieb fand, fing sie in der Wohnung ab. Bebend vor unterdrückter Wut – worüber er später lachen musste.

Ein kopfloses Huhn sei sie, verhöhnte er sie.

Sie stand klatschnass in der Türöffnung.

Tür zu!

Loesje kam herein, schloss die Tür, das Wasser lief von ihren Kleidern, von ihrer triefnassen Netzstrumpfhose, von ihren durchnässten Schuhen.

Raus aus den Klamotten!

Sie zog sich ganz aus, die Tür, hinter der der Sturm toste, im Rücken. Loesjes Nacktheit half ihm dabei, wütend zu bleiben. Was blieb ihm so spät abends anderes übrig, wo er doch in Ruhe in seinem Zimmer hätte abhängen können? Mit Liesl wäre das nie passiert. Wie dämlich musste man sich anstellen, um einen stinknormalen Haustürschlüssel nicht zu finden? Am liebsten hätte er seine Zigarette in ihrem Nabel ausgedrückt, aber er hielt an sich. Ihre Haut war von den durchweichten Klamotten stellenweise klatschnass, ihre trockenen Sachen lagen in der Plastiktüte zu ihren Füßen.

In scharfem Ton fragte Thomas nach dem Geld.

Loesje berichtete, wie wenig es war. Er lachte ihr mitten ins Gesicht. Er musste Lärm machen, seine

Wut herausschreien, damit sie nicht einfach so verpuffte. Er wusste, wie ungerecht er war, aber an diesem vergeudeten Abend brauchte er das. Loesje blickte zu Boden, traute sich nicht, ihn anzusehen. Es erregte ihn, sich aufzuregen. Angezogen stand er Loesje gegenüber, die aus jeder Pore Schuldbewusstsein ausstrahlte, und musste sich zwingen, seine Zigarette, ehe sie ganz aufgeraucht war, unter seinem Schuh auszutreten. Sogar ihr Schamhaar sah feucht aus, wie ein begossener Pudel stand sie da. Sie zitterte und hatte Gänsehaut an Armen und Beinen.

Frierst du?

Sie nickte. Er holte seinen Penis aus der Hose. Ein dicker hellgelber Strahl traf sie am Bauch, auf den Schenkeln, klatschte auf die am Boden liegende Plastiktüte.

Schön warm, was?

Wie versteinert sah sie ihn an, ausdruckslos, unsicher, ob das einer seiner Witze war oder ob er sie erniedrigen wollte, sie bekam kein Wort heraus. Er schnitt eine Grimasse, die sie möglicherweise für ein ironisches Grinsen hielt. Sie bückte sich, um sich mit ihren Anziehsachen abzutrocknen. Thomas stellte sich hinter sie, jetzt, wo sein Schwanz sowieso schon aus der Hose hing. Er drückte ihn gegen ihren Arsch, und legte ihr die Hände auf den Rücken, damit sie gebückt blieb. Er bewegte sich hin und her und streifte dabei ihren Hintern mit dem Schwanz. Der wurde im Handumdrehen steinhart, er stieß ihn ihr zwischen die Schenkel und glitt mühelos in sie.

Er zwang sie, gebückt zu bleiben, während er sie fickte. Die Vorstellung, dass er sie mit ein und demselben Organ von außen und innen bespritzen konnte, gefiel ihm. Er stieß sie sanft vor sich her. Sie musste kleine Schritte machen, um nicht vornüber zu fallen. Er lenkte sie an den Hüften, drängte sie Schritt für Schritt zu der geschlossenen Tür, hinter der das Unwetter tobte. Der Regen prasselte aufs Holz. Er manövrierte sie in die Ecke bei der Tür, hörte nicht auf, sie mit kräftigen Stoßbewegungen vorwärtszutreiben. Die Pobacken, gegen die er stieß, waren weich, Loesje musste den nach unten hängenden Kopf mit den Händen schützen, um nicht gegen die Wand zu knallen. Sie verschränkte die Arme im Nacken. Thomas trieb sie weiter vor sich her, grinste seinem Spiegelbild im Flur zu, amüsierte sich über die Gefügigkeit, mit der ihn Loesje, die Ellbogen an der Wand, gewähren ließ. Er ging noch einige Schritte weiter, ihr Rücken klebte schon an der Wand, der Kopf hing zwischen den Beinen, er machte weiter, spürte, dass er gleich kommen würde, stieß kräftiger, ihre Füße lösten sich vom Boden, sie war vollkommen in die Ecke gezwängt – die Schultern an die Wand gedrückt, die Hände unter dem Kopf am Boden, als er kam, schwebte ihr Becken zwischen Thomas und der Wand, er sammelte Spucke im Mund, spie ihr zwischen die gespreizten Arschbacken und war fertig.

Er machte einen riesigen Schritt nach hinten. Loesje lehnte plötzlich ohne jeden Halt an der Wand, donnerte schlagartig zu Boden und schürfte sich dabei den Hintern an der Türklinke auf.

An einem anderen Abend nahm Thomas Loesje mit. Sie saß bei ihm hinten auf dem Roller. Der milde Nachtwind strich ihr durchs weiche Haar, ihr weinrotes Kleid umspielte ihre Hüften wie eine bizarre Blüte und ließ ab und zu ihre Strapse darunter aufblitzen. Thomas hatte sie aufgefordert, sich nuttig zurechtzumachen. Einen Moment hatte er überlegt, ob Sarah nicht vielleicht besser geeignet wäre. Doch mit Loesje würde es leichter gehen.

Er fuhr auf den Parkplatz vom Pyramid, redete kurz mit dem Türsteher, winkte Loesje herbei, die in zehn Metern Entfernung wartete, und zeigte dem Mann ihren Ausweis. Dann durften sie hinein.

Du tanzt, verabredest dich nicht, sondern gehst mit mir wieder zurück, ist das klar?

Loesje nickte.

Der Abend verging.

Gegen Mitternacht kam Thomas Loesje abholen. Sie folgte ihm nach draußen.

Wieder strich ihr der Nachtwind durchs weiche Haar, blies ihr einen leichten Schauer unter das weinrote, schon etwas zerknitterte Kleid. Mit wenigen Worten übergab Thomas Loesje einem vier oder fünf Jahre älteren gestriegelten jungen Mann. Sie stieg in einen SUV mit schwarz getönten Scheiben, dessen Rückbank schon heruntergeklappt war. Im Tausch durfte Thomas eine halbe Stunde lang über die halb asiatische Freundin des Mannes verfügen. Er hatte gehört, dass die Möse dieser Sorte Mädchen enger war und ihr Becken sich auf andersgeartete Weise bewegte. Das wollte er ausprobieren.

Er nahm die Halbasiatin auf dem Rücksitz seines Rollers mit zu einer Weide ganz in der Nähe. Eine Eule strich direkt an ihnen vorüber und verlieh diesem nächtlichen Moment etwas seit Urzeiten animalisch Vertrautes. Der Motor erstarb, als Thomas den Roller ruckartig zum Stehen brachte. Das Mädchen prallte gegen seinen Rücken. Instinktiv schlang sie die Arme um seine Taille. Er griff nach ihrer Hand. Er hatte einen Ständer, schon die ganze Fahrt über. Das ließ er sie durch den Stoff seiner Hose fühlen. Er breitete seine Jacke im Gras aus. Das Mädchen sagte kaum etwas.

Ich lege mich auf den Boden, sagte er, dann wirst du nicht schmutzig.

Er wollte, dass sie rittlings auf ihm saß. Sie machte anstandslos mit. Wahrscheinlich wollte sie es vor allem schnell hinter sich bringen, aber das war ihm egal, solange ihre Möse nur eng war und ihr Becken sich gut bewegte. Er knöpfte sich die Hose auf, sie schmierte sich Spucke zwischen die Beine und ließ sich auf ihn hinab. Ihm gefiel diese vulgäre Geste. Dieses Mädchen wusste, wie es mit ihrer Möse umzugehen hatte.

Sie bewegte sich energisch auf und ab, ohne den kleinsten Anflug von Zärtlichkeit oder Intimität. Er legte die Hände an ihre Hüfte, um ihre Bewegungen zu führen, aber das kümmerte sie wenig. Von einer besonderen Enge oder andersgearteten Beckenbewegung war nichts zu merken, ihr Rock hing ihm über den Bauch, er konnte nicht mal einen flüchtigen Blick auf ihr Geschlecht werfen. Sie hörte, wie er kam, bewegte sich noch kurz weiter und kletterte dann wortlos von ihm herunter. Er packte ihren Rock und zog sich daran hoch. Schamlos hob er ihn an, um sich diese enge Möse anzusehen, in der sein Schwanz eben noch gesteckt hatte.

Aber das Mondlicht enthüllte ihm äußerst wenig.

Bleib so stehen, sagte er und drückte ihr den Saum in die Hand, ich will sie sehen. Er ging zum Roller, schaltete den Scheinwerfer an, richtete ihn auf ihren Schoß, aber sie hatte den Rock schon wieder fallen gelassen.

Nur vögeln, sagte sie, von gucken war nicht die Rede.

Blöde Fotze, zischte er, ich lass dich einfach hier stehen.

Dann bringt Serge dich um.

Thomas startete den Roller.

Arschloch, sagte sie, hob den Rock aber trotzdem nicht.

Er gab Gas und fuhr ein Stück. Sie blieb stehen. Er hielt an.

Na los, rief er, ich hab sowieso keinen Bock mehr drauf.

Du holst mich *hier* ab, schrie sie zurück.

Fluchend wendete Thomas.

Schnepfe, sagte er, du fickst voll mies, ich wollte nur wissen, ob es an dir liegt oder an deiner Möse. Und jetzt weiß ich's, es liegt an beidem.

Lass du dir erst mal einen richtigen Bart wachsen, bevor du dir so eine Bemerkung erlaubst, keifte sie zurück. Du Milchgesicht.

Er zuckte mit den Schultern.

Als sie wieder auf dem Club-Areal ankamen, war der SUV weg. Thomas sah auf die Uhr, zündete sich eine Zigarette an, lief ein paar Mal über den Parkplatz, vielleicht hatte Serge den Wagen am Rand geparkt, an einer geschützten Stelle, oder im Gegenteil irgendwo mittendrin.

Das Auto war nicht da.

Er ging ins Pyramid hinein. Der Türsteher tippte auf die Uhr. Thomas zwang sich trotz seiner Verärgerung zu einem beruhigenden Lächeln. Nirgends eine Spur von Serge. Wieder ging er hinaus, nickte dem Türsteher mit der versteinerten Visage zu. Ihm blieb nichts anderes übrig als so lange zu warten, bis der Dreckskerl Loesje wieder absetzte.

Er lehnte sich an den Roller, rauchte. Wie ein kranker Hund sah er zum Mond. Dieser war nicht halb und formte auch keine Sichel, sondern war ein stinknormaler Fleck am Himmel, der nicht mal genug Licht gab, um sich eine Möse richtig anzusehen. Er tippte Loesjes Nummer ein, erreichte aber nur ihre Mailbox. Er hinterließ keine Nachricht.

Autos fuhren auf das Gelände und wieder weg, aber das Entscheidende fehlte. Dann war es 2.00 Uhr.

Der Türsteher baute sich vor ihm auf.

Wo ist sie? Meine Schicht ist rum.

Sie kommt gleich, sie musste noch was erledigen.

Hast du sie noch jemand anderem überlassen? Ich hab keinen Bock auf 'ne gebrauchte Schlampe und auf Warten schon gar nicht.

Einen Moment noch, erwiderte Thomas matt.

Die Faust des Türstehers traf ihn links am Kiefer. Er stürzte.

Ich mein's ernst, fügte der Türsteher überflüssigerweise hinzu.

Thomas rappelte sich wieder auf, hielt den Roller zwischen sich und den Türsteher.

Ich besorg dir ein anderes Mädchen, brachte er mühsam hervor. Lass mich nur machen.

Er streckte dem Türsteher einen Schein entgegen. Inzwischen kannst du auf meine Kosten was trinken.

Ich will die Braut, von der ich den Ausweis hab, und in der Zwischenzeit nehm ich gerne die andere Schlampe, Alkohol brauch ich nicht.

Der Türsteher schlug Thomas das Geld aus der Hand, der Schein segelte zu Boden. Der milde Nachtwind wirbelte ihn Zentimeter für Zentimeter über den Beton.

Thomas rief Ena an. Sie konnte nicht kommen, sie war zu weit weg, auf einer Tanzparty irgendeines Radiosenders. Er versuchte es bei Ruth – ihr Telefon war ausgeschaltet, vielleicht war sie mit einem Kunden beschäftigt. Schließlich meldete er sich bei Karl.

Ein Notfall, sagte er, sieh zu, dass du mit Sarah zum Pyramid kommst, es ist dringend. Karl war so taktvoll, keine Fragen zu stellen.

In einer Viertelstunde polier ich dir wieder die Fresse, sagte der Türsteher, ich lass mich nicht verarschen, meine Zeit ist knapp.

Er bot Thomas eine Zigarette an. Zögernd – war das eine Falle? – nahm der sie an. Der Türsteher gab ihm Feuer und zündete sich selbst auch eine an.

Wenn du so ein Leben führen willst, sagte er väterlich mit einer Handbewegung, die seine Worte dank der brennenden Zigarettenspitze rot unterstrich, musst du auch die harten Seiten kennenlernen, dann wird dir klar, dass eine Abmachung heilig ist, es sei denn, du hast die Macht, dich nicht dran zu halten. Und die hast du nicht, dein Schnauzer ist ein Witz, den solltest du dir besser wieder abrasieren.

Thomas antwortete nicht, bedächtig rauchte er seine Zigarette auf seiner Seite des Rollers. Solange Karl nicht da war, würde er jede Beleidigung schlucken müssen, danach würde er weitersehen.

Sie schwiegen, der Türsteher warf ab und zu einen Blick auf die Uhr. Autos fuhren auf den Parkplatz und wieder weg, die ganze Nacht schon kamen und gingen Menschen. Der Pizzastand neben dem Parkplatz verdiente sich eine goldene Nase.

Dann meinte Thomas in der Ferne das Röhren eines Rollers zu hören, der sich träge näherte. Seine Zigarette war bis zum Filter heruntergebrannt, es blieb ihm nichts anderes übrig, als sie wegzuwerfen. Er sah zu Boden, trat die Zigarette aus. Das Knattern war wieder verebbt. In dem Moment, als er den Kopf hob, knallte die Faust des Türstehers mit voller Wucht auf sein rechtes Auge. Thomas taumelte zurück. Der Türsteher musste sich am Roller festhalten, um nicht das Gleichgewicht zu verlieren. Sein eigener Schwung hatte ihn aus dem Gleichgewicht gebracht. Das war ein harter Schlag gewesen.

Geht's?, fragte der Türsteher scheißfreundlich.

Thomas nickte. Dann spürte er, wie ihm Blut übers Auge lief. Mit dem Handrücken wischte er es weg. Das Bluten ließ nicht nach.

Deine Braue ist geplatzt, sagte der Türsteher, während er mit dem Ring an seinem Finger spielte. Das hört von selbst auf. Noch 'ne Zigarette?

Nein, vielen Dank, brachte Thomas hervor. Er sah seinen Geldschein unter ein geparktes Auto flattern, einen Nissan, und erinnerte sich an den Unfall vor ein paar Sommern. In diesem Moment erklang laut und deutlich das Geknatter eines Rollers. Karl tauchte mit Sarah im Amazonensitz hinter ihm auf dem Parkplatz auf.

Da ist sie, sagte Thomas knapp.

Er ging ihnen entgegen, der Türsteher folgte.

Sarah sah müde aus, fix und fertig, Ringe unter den Augen, kaute auf den Lippen. Karl hatte sie auf einer Party eingesammelt, wo sie schon erschöpft vom Trinken und Tanzen auf einem Sofa lümmelte. Der Widerwille stand ihr ins Gesicht geschrieben. An Thomas' blutiger Augenbraue erkannte sie, dass es ernst war. Sie seufzte, hatte keine Lust, sich zu widersetzen, das würde nur noch mehr Kraft kosten.

Ich mach nur die Beine breit, sagte sie, mehr nicht.

Das reicht, erwiderte Karl, der jetzt die Angelegenheit in die Hände nahm, ohne den Türsteher aus den Augen zu lassen. Wo findet das Ganze statt?

Unten, antwortete der, in einer der Logen auf einem bequemen Sofa.

Er ging vor und führte sie zu einem Hintereingang an der Seite der Diskothek.

Sobald die andere Braut da ist, gibst du mir ein Zeichen, sagte er von oben herab. Drei Mal klingeln, dann kriegst du diese wieder. Er verschwand mit Sarah hinter der Tür, die mit einem schweren Schlag ins Schloss fiel.

Arbeitest du auf eigene Rechnung?, fragte Karl. Das sieht nicht gut aus.

Hör auf zu meckern, und ja, du hast was gut bei mir, räumte Thomas ein.

Ich wollte gerade schlafen gehen, setzte Karl noch eins obendrauf.

Dann gingen sie schweigend wieder zur Vorderseite des Gebäudes. Es drang kaum Musik aus dem Bau. Auf dem Parkplatz war nur das Dröhnen der

Technobeats der an- und abfahrenden Autos zu hören. Der Wagen, auf den sie warteten, kam nicht.

Ich regel alles mit dir, regel du alles mit Sarah, sagte Thomas.

Karl nickte.

Ich bleibe hier, bis diese Farce vorbei ist, keine Sorge.

Das waren die ersten Anzeichen dafür, dass unsere Clique ihre Grenzen überschritt. Dass unsere jeweiligen Bedürfnisse nicht mehr mit denen der Gruppe übereinstimmten.

Es war fast 4.00 Uhr morgens, als Serges Auto endlich auf den Parkplatz einbog. Trotz der anhaltenden lauen Nachtluft fühlte Thomas sich durchgefroren. Weit weg im Osten kündigte sich ein neuer Tag an, obwohl noch kein einziger Lichtstreif am Himmel zu sehen war. Vielleicht war es auch nur Einbildung.

Thomas und Karl rannten zum Auto, das am Rand des Parkplatzes gehalten hatte. Aber noch bevor sie da waren, fuhr der Wagen schon wieder los. Wie ein zerfleddertes Nymphchen stand Loesje auf dem Asphalt. Ihre Strümpfe hingen nicht mehr an den Strapshaltern, sondern schlotterten ihr um die Beine. Ihr Kleid war verrutscht und ihr weiches Haar stand in alle Richtungen ab. Sie brachte ein müdes Lächeln zustande.

Wo hast du so lange gesteckt?

Sie zuckte die Schultern, als wäre es ihr gleich, als

hätte es ihr sogar noch Spaß gemacht. Dann bemerkte sie die dicke Blutkruste über Thomas' Auge. Sie sagte nichts, guckte nur.

Was ist passiert?, kam Thomas ihrer Frage zuvor.

Sie waren zu viert, jeder eine Stunde, sagte sie tonlos. Lasst uns nach Hause fahren, ich kann nicht mehr.

Karl grinste und wandte sich ab, damit nur Thomas es sehen konnte.

Gleich, sagte Thomas, erst musst du dir noch deinen Ausweis abholen.

Du siehst fürchterlich aus, sagte er.

Wieder zuckte sie die Schultern und schlurfte hinter den Jungen her.

Ich kann nicht mehr, wiederholte sie.

Ich bringe dich gleich nach Hause, sagte Thomas verärgert. Verdammt noch mal, zischte er.

Loesje fragte nicht, warum sie zum Hintereingang gingen. Vielleicht bemerkte sie es nicht einmal. Karl klingelte drei Mal. Es dauerte ganze zehn Minuten, bevor sich die Tür öffnete. Sie warteten und niemand sagte etwas. Nur Thomas fluchte noch ein paar Mal leise vor sich hin. Der Türsteher steckte den Kopf nach draußen.

Sie kommt, wir waren gerade voll bei der Sache.

Kein Grund zu meckern, sagte Karl.

Immer schön höflich bleiben, Freundchen, schnauzte der Türsteher.

Sie kommt sich ihren Ausweis abholen, mischte Thomas sich ein. Er schubste Loesje nach vorn. Sarah tauchte auf. Die Mädchen sahen sich erstaunt an.

Beeil dich, sagte Thomas.

Für mich ist es jetzt 2.00 Uhr, sagte der Türsteher, und ich hab sogar noch Arbeit damit, sie wieder auf Vordermann zu bringen, guck doch mal, wie die aussieht. Ich geb sie erst dann zurück, wenn sie wieder aussieht wie auf dem Foto. Er zog Loesje nach drinnen.

Das ist eine Frage der Ehre, fügte er hinzu.

Thomas schwieg, wollte nur noch, dass alles vorbei war.

Geht ruhig nach Hause, sagte er.

Thomas blieb allein beim Hintereingang zurück. Lustlos beobachtete er, wie es hell wurde. Jetzt verließen mehr Autos den Parkplatz als neue hinzukamen. Die Nacht blutete aus. Vom Ofengeruch des Pizzastands wurde ihm schlecht.

Die Tür ging auf. Da stand Loesje.

Das zarte Morgenlicht fraß die letzten Schatten von ihrem Gesicht. Einen Augenblick sahen sie sich wortlos an.

Hast du deinen Ausweis?, fragte Thomas.

Loesje nickte.

Komm.

Er legte ihr den Arm um die Schulter. Vom Türsteher war keine Spur zu sehen. Sie ließen die Tür offenstehen und gingen zum Roller.

Gelb wie Safran steht der Mond am Himmel. Es ist tief in der Nacht. Keine Sonne weit und breit, und trotzdem ist da Licht, zumindest ein lichtartiger Schimmer. Über den Weiden, den Feldern, am Wegesrand wabern Nebelbänke.

Das Rücklicht des Rollers ist kaputt, Thomas merkt es nicht, er hat nur Augen für die trübe Zukunft, die vor ihm liegt und der er langsam entgegenstottert, dicht gefolgt von Karl auf seinem Moped, das super in Schuss ist, jede Lampe, alle Kabel, jede einzelne Mutter, Bolzen für Bolzen, alles sitzt.

Sie schweigen. Karl hat ein Grinsen im Gesicht, das T-Shirt flattert um den Oberkörper, er fröstelt von der Morgenfrische. Thomas hingegen schaut verbissen, hat einen griesgrämigen Zug um den Mund, unter seiner geschwollenen Oberlippe sieht man einen Zahn. Seine Sicht ist schlecht, er muss unter dem dicken Augenlid hervorlugen, das geronnene Blut über der aufgeplatzten Braue verstärkt noch den trostlosen Eindruck, den seine Augenpartie macht.

Die gesamte rechte Gesichtshälfte fühlt sich zerschunden an. Nicht die Schläge, die er einstecken musste, sondern die Tatsache, dass er sich wie ein Schuljunge von so einem Mistkerl hat übers Ohr hauen lassen, macht ihn stinksauer. Der Fahrtwind tut gut, denn er ist noch immer auf hundertachtzig.

Hat eine blinde Wut vor allem auf sich selbst, er hätte es besser wissen sollen.

Sie schlagen den Weg an den Bahngleisen ein, Nebelschwaden wallen zwischen den Maisstängeln. Roller und Moped brummen leise durch die verlöschende Nacht. Das Geräusch hallt nicht wider, es wird durch den Nebel wie von Watte gedämpft, ssst, ssst.

Sie schweigen.

Der Weg führt weg von den Gleisen.

Hinter einer Kurve hören sie Stimmen, Fluchen, das Aufheulen eines Benzinmotors, das Geräusch von Schritten. Ein Feldweg, auf dem zu dieser Nachtzeit so gut wie nie jemand unterwegs ist, aus dem Nebel tauchen Gestalten auf, ein Auto steht quer vor ihnen, der Anhänger seitwärts im Graben.

Die Gestalten zerstreuen sich.

Der Roller hält an, das Moped auch.

Können wir helfen?

Ein Mann steigt aus dem Auto, unrasiert, schweißüberströmt, ein Stiernacken mit Goldkette, das Brusthaar kräuselt sich bis an den weit offen stehenden Kragen.

Was wollt ihr?

Wir haben uns gefragt, ob wir euch helfen können?

Der Anhänger steckt fest, mit vereinter Kraft, wer weiß … Dich haben sie ja übel zugerichtet, Kumpel.

No risk no fun. Genau wie bei euch.

Sie stellen den Roller und das Moped an den Rand. Der Mann ruft etwas in den Nebel, sie verstehen es nicht. Zwei andere tauchen auf, drahtige Typen in schmuddeligen Klamotten.

Ihr vier hebt den Anhänger an und schiebt, ich zieh mit dem Auto. Die Reifen drehen durch, aber wenn die Grip kriegen … Los geht's.

Versuch's im zweiten, sagt Karl, und gib nur ein bisschen Gas!

Im Anhänger liegen fünf oder sechs unordentlich aufgerollte Stränge, die wie Kupfer aussehen. Eine Plane ist darübergespannt, aber an den Rändern nicht richtig zugezogen. Es ist dunkel, dämmerig, und trotzdem zu erraten: Das muss Kupfer sein, Hunderte Kilos.

Warum laden sie nicht vorher ab?

Sie stemmen die Schultern unter den Anhänger, zu viert anstatt zu zweit.

Es klappt auf Anhieb.

Danke. Der Fahrer wirft Karl und Thomas einen Zehner zu. Die zwei anderen steigen eilig ein.

Das Auto verschwindet samt Anhänger im Nebel.

Der hat nicht mal die Scheinwerfer an.

Nee.

Ist nur 'ne Frage der Zeit, dann landen die wieder im Graben.

Sie werfen ihre Maschinen an und fahren weiter.

Die Sonne geht auf, die Sonne geht unter, dieses Muster kennen wir.

Wir streichen die Tage durch. Nachts bleibt nichts von ihnen übrig.

Ich vertiefe mich in Cioran, wegen seines seltsamen Namens.

Gehirnjogging. Wie Sarah, wenn sie Kreuzworträtsel löst.

Thomas ist ständig unterwegs. Er versteht nicht, wie ich mich auf Bücher konzentrieren kann.

Jaja, fremden Gedanken hinterherlesen, ohne selbst einen Finger zu rühren, spottet er.

Er hängt beim Pyramid und ähnlichen Schuppen herum, um unsere Mädchen an den Mann zu bringen. Die Wochenenden sind sein Revier.

Ich lerne fast jede Nacht was dazu, keine Panik, brummt er, so was wie die Halbasiatin passiert mir nicht noch mal. Ich halte die Augen und Ohren offen, nutze jede Gelegenheit. Wir dürfen uns nicht zu schnell auf unseren Lorbeeren ausruhen.

Ich ruh mich nicht auf meinen Lorbeeren aus, ich lese, und zwar Cioran.

Ach, zur Hölle mir dir, antwortet er. Ich hab den Typen wieder getroffen, den mit dem Anhänger voll Kupfer, dem Karl und ich geholfen haben. Er will Geschäfte machen. Ich überlege, ob ich mich darauf einlassen soll.

Er steht beim Pyramid in der Nähe des Pizzastands auf dem Parkplatz. Ein Mann kommt auf ihn zu, breite Schultern, drahtige Arme.

Hallo.

Hallo, antwortet Thomas.

Erkennst du mich wieder?

Thomas nickt. Er nimmt einen letzten Bissen von seiner lauwarmen Pizza, wischt sich mit der Hand über den Mund.

Ich hab dir geholfen, als dein Anhänger im Graben lag.

Stimmt. Der Mann bestellt ein Stück Pizza mit Knoblauch und Oliven.

Bist du da von hier gekommen? Er mustert Thomas mit müdem, aber listigem Blick. Diesmal ist der Typ rasiert, sein nach hinten gekämmtes Haar glänzt, er trägt noch immer die Kette.

So übel zugerichtet?

Wer den Schaden hat …

Der Mann grinst. 'n Bier?

Thomas nickt. Der Pizzaverkäufer öffnet zwei Dosen.

Der Mann steckt das Wechselgeld in die Hosentasche.

Sie stoßen mit den Dosen an.

Thomas spült die Pizza runter, im grellen Licht haben Hände und Gesicht eine ungesunde gelbliche Farbe. Er ist zum Umfallen müde, reißt sich aber zusammen.

Auf dem Parkplatz ist wenig los. Um diese Zeit zögern die Partygänger, ob sie die Disco noch für eine andere verlassen oder doch lieber hierbleiben und bis in die Morgenstunden tanzen sollen. Hin und wieder hört man das Zuschlagen einer Wagentür, ein übertriebenes Frauenlachen, einen Schrei, ein voll aufgedrehtes Autoradio.

Hinter der Disco hievt sich das erste Tageslicht hoch. Am Ende des Parkplatzes zeichnet sich der Horizont langsam ab – ein dünner, schemenhafter Streifen.

Was machst du hier?, will der Typ wissen.

Und du?, kontert Thomas.

Der Mann zerquetscht seine Bierdose, wirft sie Richtung Mülleimer, doch sie fällt scheppernd zu Boden. Er lässt sie liegen.

Suchst du was fürs Bett?

Dafür brauch ich dich nicht.

Thomas nimmt einen letzten Schluck, zielt mit der Dose auf den Mülleimer und trifft gekonnt.

Treffsicher, lobt der Mann.

Manchmal.

Manchmal?

Oft.

Ich auch, aber nicht frühmorgens.

Er kehrt dem Stand den Rücken zu und tritt aus dem grellen Licht.

Thomas stellt sich neben ihn.

Du hängst regelmäßig hier rum.

Ich mag die Stimmung, sagte Thomas. Behältst du mich im Auge?

Du *springst* einem förmlich ins Auge.

Thomas wirft ihm einen verächtlichen Blick zu.

Das liegt an mir, fügt der Mann hinzu. Ich habe einen Blick für so was.

Wofür hast du einen Blick?

Ich glaube, du kommst hierher, um Geschäfte zu machen.

Was geht dich das an?

Du hast mir mit dem Anhänger geholfen. Vielleicht kann ich jetzt was für dich tun.

Statt zu antworten, mustert Thomas den Mann, betrachtet das Kreuz an der Kette, das sich ab und zu mit seinem Adamsapfel mitbewegt. Der Mann hat einen echten Stiernacken.

Was meinst du?

Was könntest du denn für mich tun?

Kleine Gegenleistung, sagt der Mann. Ich steh nicht gerne bei jemandem in der Kreide.

Du stehst nicht bei mir in der Kreide, sagt Thomas.

Wir könnten auch Geschäfte machen. Wir kommen uns nicht ins Gehege.

Thomas sieht ihn grinsend an. Er schweigt.

Der Stiernacken schweigt ebenfalls.

Sie peilen die Umgebung. Der Stiernacken nimmt das Gespräch wieder auf.

Was berechnest du für die Mädchen da?

Fragt er jetzt nach einer oder nach allen zusammen? Thomas nennt einen Betrag.

Der Mann nickt beifällig, zwinkert ihm verschlagen zu.

Wo spielt sich das Ganze ab?

Wo die Kunden wollen, sagt Thomas. Die meisten haben einen Wagen.

Ich schlag dir mal was vor, sagt der Mann. Unverbindlich, es kostet nicht viel, verschafft dir aber Vorteile.

Aha. Was denn?

Ein Wohnwagen, so ein Camper.

Ach so?

So ein Ding, das einen Viertelstundentakt aushält und Komfort bietet. Hier in der Gegend findet sich bestimmt ein Ort, an dem man ihn abstellen kann, glaubst du nicht?

Bestimmt.

Also?

Wie die Zigeuner, meinst du? Das hat was.

Zigeuner, was soll das denn heißen?

Das Kreuz an seinem Hals flimmert in dem kalten Neonlicht.

Aus dem Pizzastand steigt Dampf auf.

Och, nichts weiter, sagt Thomas. Also ein Wohnmobil, das einen Stoß verträgt?

Einen Stoß? Der Stiernacken bricht in Lachen aus. Haha. Von deiner Sorte müsste es mehr geben!

Einer wie ich ist mehr als genug, sagt Thomas, ich kann ganz schön egoistisch sein.

Mit dir mach ich gern öfter Geschäfte.

Manchmal mache ich Fehler, erwidert Thomas. Aber aus jedem Fehler lerne ich.

Ja, man muss erst mal misstrauisch sein, um dann sein Misstrauen zu überwinden.

Ich lerne jeden Tag dazu, sagt Thomas.

Schnell wird es jetzt heller, es gibt kein Zurück.

Die Türen der Disco öffnen sich. Gruppen von Männern und Frauen drängen nach draußen. Die Männer in leichten, zerknitterten Hemden und dünnen T-Shirts, die Frauen in Shorts, Tops und anderen sexy Ausgehklamotten unter leichten Sommerjacken, hochhackig und fröstelnd von den letzten Resten der nächtlichen Kühle.

Der Tag ist noch jung, das ist die gefährlichste Uhrzeit.

In dieser Branche ist es zu jeder Uhrzeit gefährlich.

Der eine will ins Bett, der andere will aufstehen, niemand ist zufrieden.

Wir schon.

Stimmt.

Der Mann überquert den Parkplatz, verschwindet hinter dem Zaun, wo eben noch der Horizont gelegen hatte. Thomas hält nach Männern Ausschau, die ohne Begleitung zu ihrem Wagen schlurfen. Er geht in Gedanken sein Verkaufsgespräch durch, so früh am Morgen sind die meisten durch all die verbrauchten Pheromone schwach und nervös.

Ich habe drei im Angebot.

Er hält sein Telefon mit den Fotos bereit.

Braucht noch jemand was fürs Bett?

Mit dem Fernglas konnten wir jede noch so kleine Bewegung verfolgen, jede Grimasse Karls, während er auf seiner Geländemaschine über die Weide bretterte und einen Hang hinauffuhr.

Ena versuchte mit ihrem Roller in Karls Spur zu bleiben, musste aber schnell aufgeben. Wir sahen Karls Ernst, seine äußerste Konzentration, seinen abwägenden Blick, was wir gar nicht von ihm kannten, und wussten sofort, dass sich hier eine Kraft zeigte, der wir nichts entgegenzusetzen hatten, sie schloss Karl in ihre Arme und würde uns früher oder später auseinandertreiben. Enas Versuch war ein Kinderspiel, ihr aussichtsloses und tollkühnes Unterfangen, es mit Karls Maschine aufzunehmen, verspottete Karls Ehrgeiz eigentlich aufs Tragischste, zumindest missachtete oder ignorierte sie damit auf unangemessene Weise seine Besessenheit, mit dem Motorrad eins zu werden, was ihm erlaubte, Geschwindigkeiten zu erreichen und Geländeverhältnisse zu meistern, die unsere Ambitionen überstiegen. Ena war in seinen Augen in diesem Augenblick sicher nicht mehr als eine dumme Gans, ein Huhn, das sich mit einem Adler messen wollte. Das schoss mir mit einem Mal durch den Kopf, als ich Sarah das Fernglas reichte. Bei der Berührung ihrer warmen Hand fragte ich mich, ob nicht auch Sarah jetzt schon eine Besessenheit an den Tag legte, die sie bald von uns entfernen würde. Man wurde nicht richtig schlau aus ihr, egal, wie leichtfertig sie uns ihre Seele verkauft zu haben schien.

Sie lächelt zwar, doch weder Mundwinkel noch Lippen bewegen sich großartig. Sie verzieht ihr Gesicht, mehr nicht.

Wir haben nichts Besseres zu tun, als hier zu sein. Null Bock, auf was auch immer.

Bis letztlich jeder für sich zu dem Schluss kommt, dass wir uns gegenseitig aufs Kreuz legen.

Seit unserer Geburt hat sich nichts verändert.

Wir ziehen keine Spur der Verwüstung hinter uns her. Wir sind keine Barbaren. Niemand hat uns verschwinden, niemand hat uns kommen sehen.

Meines Wissens haben wir immer gelebt.

Meines Wissens werden wir immer leben.

Hiebe

Jemand musste als Erstes zuschlagen. Ich glaube, unser Zögern hatte nichts mit Mitleid oder mangelnder Entschlossenheit zu tun, sondern eher damit, dass wir uns nicht in die Quere kommen wollten, wer fängt an? Vielleicht war ich nur weniger zurückhaltend als die anderen, nicht unbedingt skrupelloser, auch wenn beim ungebremsten Einsatz der Fäuste einiges an Adrenalin frei wird. Ich war einfach derjenige, der zuerst ausholte, ohne weiter darüber nachzudenken.

Ich schlug nicht ein Mal zu, sondern zwei Mal, drei

Mal. Mit aller Kraft, das würde am effektivsten sein, dachte ich. Nach drei Mal sollte man Luft holen, sonst gewinnt das Adrenalin die Oberhand, und das ist nicht der Sinn der Sache, die anderen waren ja auch noch da. Keine Ahnung, wer nach mir dran war. Ich zog den Fäustling aus, meine Hand war verschwitzt, der Handschuh war aus dicker Wolle, mein Bruder hatte ihn beim Abfahrtski oder beim Langlaufen benutzt, bei irgendwas mit Schnee und Brettern, weit weg in Österreich oder Schweden, mir doch egal.

Sarah krümmte sich auf einem weißen Laken im Gras.

Ruth und Loesje versuchten, sie wieder auf die Beine zu stellen.

Sarah hielt sich so gut es ging. Sie rang nach Luft, hustete, würgte, aber außer Schleim und Spucke kam nichts.

Loesje flößte ihr noch einen Schluck Rum ein.

Sie hatte vorher schon fast eine halbe Flasche getrunken. Karl hatte sie aus der Hausbar seiner Eltern mitgenommen, es war das Hochprozentigste, was er finden konnte.

Als sie sich wieder schwankend aufgerichtet hatte, schlug Jens ihr in den Bauch, links, rechts, wie ein Profiboxer, ich fragte mich, wo er, ein Buchhalter, diese Kraft und vor allem diese Schnelligkeit hernahm.

Sarah krümmte sich aufs Neue zusammen, ging in die Knie. Noch im Zusammenbrechen versetzte ihr Jens mit seinen Adidas-Schuhen einen heftigen Tritt über ihrer Scham, voll in den Unterleib, sie stöhnte dumpf.

Bevor Ruth und Loesje sie wieder hochheben konnten, stürzte Thomas sich auf Sarah. Er trat ihr mit seinen Nike Air in den nackten Bauch, genau oberhalb des Schambeins. Als sie wieder zu Boden gegangen war, stieg er mit beiden Füßen auf ihren Bauch, wippte ein paar Mal auf und ab, grub ihr die Ferse tief unterhalb des Nabels in den Unterleib. Sie gab ein klägliches, langgezogenes Wimmern von sich.

Wir ließen Sarah kurz zu Atem kommen. Ruth wollte ihr wieder aufhelfen, aber sie hatte nicht mehr die Kraft oder den Mut aufzustehen und blieb zusammengekauert auf dem Laken liegen.

Auch wir nahmen einen Schluck Rum.

Lass ihr noch was übrig.

Ja, ja.

Die Sonne schien, die Vögel zwitscherten, der Morgentau war spurlos verschwunden und der Nachmittag noch weit. Die Bäume warfen Schatten, die gleißende Himmelsscheibe hatte auf dem Weg nach oben noch ein ganzes Stück vor sich, aber wir hatten das Laken in die Sonne gelegt, damit die nackte Sarah auch ein wenig Wärme abbekam.

Wir machten Pause.

Auf unseren iPods hörten wir Snow Patrol, The Opposites, Kaiser Chiefs, *verdammt nochmal*, dieser Tag würde verflucht lang werden, auf dem Laken war noch nichts zu erkennen, *was soll's*, wir hatten nichts Besseres vor, soll die Himmelsscheibe doch ruhig höher steigen.

Sarah war einverstanden gewesen. Wir hatten uns bei der Scheune verabredet. Loesje hatte ein Laken mitgebracht, das wir auf dem Boden ausbreiteten. Alle wussten, worum es ging. Einige von uns hatten Wollfäustlinge mitgebracht, um keine Spuren zu hinterlassen, keine äußeren Verletzungen. Sarah ist ein hübsches Mädchen, sie hat eine gute Figur. Wir rissen Witze, sagten, wir würden schon dafür sorgen, dass sie in Form bliebe. Sie konnte sogar darüber lachen. Sie hatte Angst, klar, es würde wehtun, doch sie ahnte nicht, wie sehr. Die Handschuhe sollten sie beruhigen. Der geringste Blutstropfen, das kleinste bisschen Schleim würde auf dem Laken zu sehen sein. Dann würden wir sofort aufhören. So schlimm konnte es nun auch wieder nicht sein, so ein paar kräftige Hiebe. Von Gesicht, Rücken und Brüsten ließen wir die Finger. Sie zog sich nackt aus. Ihr war ein bisschen kalt, aber die Schläge würden sie aufwärmen. Es war früh, nicht wahnsinnig früh, aber keiner von uns war ausgeschlafen, der Morgentau hing noch in den Sträuchern. Sarah hatte keine andere Wahl.

Wir gaben ihr was zu trinken. Der Alkohol würde den Schmerz betäuben, und wenn sie richtig betrunken war, würde sie sich vielleicht an gar nichts mehr erinnern. Sie vertraute uns. So schlimm würde es nicht sein. Darum machten wir es morgens. Abends würde sie wieder nüchtern sein und höchstens einen Kater haben, wenn Ruth sie, sobald alles überstanden wäre, wieder nach Hause brachte.

Wir schlugen abwechselnd zu. Ich glaube, es war Thomas, der mit dem Treten anfing, vielleicht aus einem Reflex, er hat früher Fußball gespielt, aber er trug weiche Schuhe. Oder war es Jens, der das erste Mal zutrat? Was machte das schon. Zuletzt traten wir alle auf sie ein, als mittags noch immer kein Blut zu sehen war. Dabei haben wir gemerkt, wie stark ein Mensch sein kann, und wie zäh. Wir haben Sarahs Bauch mürbe getrampelt, doch das Ergebnis waren nur rote und blaue Flecken. Wir traten und stießen, hauten und schlugen. Wenn sie auf den Beinen stand, ging es am besten, dann konnte man kräftig mit den Armen ausholen. Aber sie ging zu schnell zu Boden, das verleitete uns, die Füße einzusetzen. Sie kotzte, immerhin etwas, aber es beruhigte uns nicht, vielleicht trafen wir ihren Magen zu oft, ihr Zwerchfell, ich dachte, wir müssten tiefer treffen. Es war bereits Mittag, wir waren hundemüde. Ich hatte erwartet oder vielmehr gehofft, dass wir unser Ziel schneller erreichen würden.

Wir schlugen und traten zwanzig Minuten am Stück, Loesje und Ruth hielten Sarah auf dem Laken fest, bis sie schrie, dass sie nicht mehr könne. Daraufhin ließen wir sie zwanzig Minuten, eine halbe Stunde lang in Frieden, untersuchten das Laken, nichts, also schlugen wir sie weiter, als wäre sie ein Sandsack.

Wir droschen weiter ordentlich auf sie ein. Das hatten wir abgemacht, Sarah war damit einverstanden gewesen. Wir probten häusliche Gewalt.

Nachmittags holte Loesje mit dem Moped für alle Schinken- und Käsebrötchen und einige Dosen Bier und Cola. Wir picknickten, aber Sarah bekam keinen Bissen herunter. Erschöpft lag sie auf dem Laken. Die Hände auf den Bauch gepresst. Keine Spur von Schleim oder Blut zu erkennen. Ihr Blick war glasig, der Rum tat seine Wirkung, sie brabbelte unverständliches Zeug. Als wir fertig gegessen hatten, wollten wir sofort weitermachen. Aber Sarah kam nicht mehr auf die Beine. Wir mussten es tun, während sie da lag. Nach ein paar Schlägen zogen wir die Schuhe aus, bearbeiteten sie mit bloßen Fersen, die tief in ihren Bauch einsanken. Wir hofften, dass das glibberige Zeug aus ihr herauskommen würde wie aus einer ausgedrückten Tube.

Aber die Tube wollte sich nicht ausdrücken lassen.

Wir gaben auf.

Wir versuchten es noch einmal etwas später am selben Tag, als Sarah sich wieder aufrichten konnte. Unsere geballte Kraft entlud sich noch einmal in ein paar gezielten Tritten, diesmal schräg von der Seite, und ihr Bauch rutschte ihr wie ein Sack über die Hüften. Die Schmerzen waren ihr anzusehen, doch wir bremsten uns nicht, die Tränen sprangen ihr in die Augen, aber, so kam es mir zumindest vor, eher noch aus lauter Verzweiflung darüber, dass alles vergeblich war, als vor Schmerz.

Sie zog sich an, trocknete die Tränen. Vielleicht waren wir zu früh dran, sagte ich, und wir müssen das Ganze in ein paar Wochen wieder versuchen, wenn es größer geworden ist, dann klappt es vielleicht auch besser.

Sie nickte. Ich wischte ihr mit meinem Ärmel das Gesicht ab.

Wir lassen dich nicht im Stich.

Ruth brachte sie nach Hause.

Was hätten wir sonst tun sollen? Wir waren keine Ärzte und konnten auch keinen rufen, Ärzte stellen Fragen, und das Gesetz ist nicht auf unserer Seite. Das Mondkalb hatte zu spät den Mund aufgemacht, zu viel Zeit war vergangen.

Amateure, schimpfte Karl.

Niemand wagte, ihm zu widersprechen. Er meinte damit auch sich selbst, lief einige Tage schmollend durch die Gegend, schraubte nachtragend an seinen Motorrädern herum. Wir mussten Sarah eine Verschnaufpause gönnen. Loesje sprang für sie bei ihren Kunden ein.

Was für ein Dummkopf.

Wochen gehen vorüber. Jens vernachlässigt die Buchhaltung. Ruth zuckt mit den Achseln. In der

Zwischenzeit treibt sie das Geld von Loesje und den anderen ein. Thomas hält sich da raus. Er hat alle Hände voll damit zu tun, neue Kundschaft und neue Mädchen zu suchen.

Niemand verliert ein Wort.

Ruth verteilt das Geld.

Liesl beobachtet sie mit Argusaugen.

Eines Tages nimmt Karl Sarah beiseite.

Er stellt eine Sporttasche ab, drückt Sarah ein Motorrad-Magazin mit coolen Mädchen mit Mützen und Sonnenbrillen und schwarz angemalten Lippen in die Hände.

Sarah blättert darin. Sie muss jetzt im fünften Monat sein. Ihr fällt nicht auf, dass Karl einen Baseballschläger aus der Tasche angelt. Er schwingt den Knüppel, trifft sie ungeahnt kraftvoll auf den leicht gerundeten Bauch, ein dumpfer Schlag. Sarah stößt einen Todesschrei aus, kreideweiß kippt sie vornüber, sinkt zu Boden, das Heft fällt ihr aus den Händen, Stille, nur das behutsame, lautlose Ablegen des Knüppels.

Karl kniet sich neben sie. Sarah liegt da wie ein Häufchen Elend, mit einem Schlag niedergestreckt.

Das ist besser als unzählige halbherzige Schläge, sagt er. Wir schaffen das schon noch.

Er streicht ihr das Haar aus dem tränenüberströmten Gesicht.

Sarah klagt den Rest des Tages über Bauchschmerzen.

Aber am nächsten Tag scheint alles vergebens, keine Blutung, keinerlei Spuren.

Dann machen wir es eben nochmal, sagt Karl.

Dieses Mal weiß Sarah, was ihr bevorsteht, sie hat Angst, wehrt sich. Ruth und ich packen sie, halten sie gut fest, sie strampelt, wir schubsen sie mit dem Bauch voran, Karl schwingt den Baseballschläger, ein satter Ton, als würde er mit einem Schlag eine Melone kaputt schlagen. Aufs Neue erklingt der furchterregende Schrei, und weil wir Sarah halten und sie nicht vornüber fällt, versetzt Karl ihr schnell noch einen zweiten Schlag, prügelt die Melone zu Matsch, wieder Gekreisch.

Der Knüppel fällt klappernd auf den Fußboden, Karl gibt uns ein Zeichen, nimmt uns Sarah ab, wiegt sie in den Armen.

Alles wird gut.

Warum auch nicht. Sarah hat Bauchschmerzen, schlimme Schmerzen, sie ziehen bis zu den Nieren hoch.

Sie bekommt Fieber. Abends hat sie eine Fehlgeburt.

Ruth nimmt Sarahs Telefon, simst ihren Eltern, dass ihre Tochter bei einer Freundin übernachtet.

Das Fieber steigt, Sarah blutet unaufhörlich. Im Lichtschein ihres Telefondisplays ist sie sehr blass.

Thomas hat die Fehlgeburt gefilmt. Das Blut, die Möse, den Fötus.

Will jemand sie in diesem Zustand vögeln? Mit dem ganzen Blut? Das wird der Knaller.

Thomas hält die Kamera im Anschlag.

Muss ja nicht lang sein.

Niemand?

Ich mach's schon, kommt Karl uns zuvor.

Er ist vorsichtig. Er ist der Richtige dafür. Sarah verdreht die Augen, stöhnt, stöhnt immer wieder.

Es ist vorbei.

Der kleine Tod.

Thomas räumt die Kamera zur Seite.

Lasst sie in Ruhe.

Kunst

Sogar Ena langweilte es auf die Dauer. Die ganzen Männer sorgten nur für wenig Abwechslung. Nein, die Rosinen waren längst aus dem Kuchen herausgepickt, jetzt drehte sich alles nur noch um den Zaster. Geld macht nachlässig. Man braucht nur auf etwas zu zeigen, die Brieftasche zu öffnen, und schon hält man es in Händen. Klaglos, ohne Übertreibung, so simpel wie das Einmaleins. Wir kennen die Ursache dafür. Schon lustig, den Erwachsenen beim Reden über Löhne, Kapitalanlagen, Aktien und Gewinnmargen zuzuhören, während sie ausrechnen, ob sie sich ein Haus bauen, ein Auto kaufen oder einen Urlaub leisten können.

Die Mädchen machten einen Schmollmund, rümpften die Nase, bliesen sich ein Staubkorn von der Schulter.

Wir haben unsere Möse immer dabei. Aber irgendwann wird es langweilig. Männer wollen immer nur dasselbe Kunststück. Nach einer Weile macht es keinen Spaß mehr.

Ich hör auf.

Und was machst du dann?

Liesl zuckt mit den Schultern.

Ich hab's satt.

Warte, bis noch ein paar neue Mädchen dabei sind.

Ersatzmaterial.

Auswechselmösen.

Ich will das nur noch ab und zu, wenn ich wirklich Lust habe.

Halt die Klappe, sagt Karl.

Arschloch.

Karl fühlte sich zu einem stinknormalen Zuhälter degradiert. Eigentlich bastelte er am liebsten an seinen Motorrädern herum.

Ruth verstand Liesls Standpunkt, war aber etwas anderer Meinung.

Ena verzog bloß das Gesicht.

Ein Schwanz ist ein Schwanz, egal, wem er gehört, in Gedanken stülpe ich allen Männern einen Sack über den Kopf.

Wir alle machen es, ohne jede Ausnahme, und tun niemandem damit weh. Außerdem bringt es Geld ein.

Wenn wir damit aufhören, sind wir nicht mehr flüssig, da haben die Jungs recht.

Sollen wir jetzt weitermachen oder nicht?

Na klar machen wir weiter.

Ich will nicht kneifen, sagt Liesl, aber wenn ich die Beine schon breit mache, dann muss die Rendite größer sein, verstehst du?

Klar, ist doch logisch.

Aber wie stellt man das an?

Doof bin ich ja nicht gerade, sagt sie.

Wissen wir.

Sie springt auf und sieht uns, die Hände in die Hüfte gestemmt, von oben herab an.

Ich hab mit Hunderten Kerlen gevögelt, ich hab dem Tod ins Auge gesehen, und ich glaube, alt genug bin ich auch.

Keine Frage.

Aus diesem Grund lass ich mir die Achselhaare wachsen, ich will nicht wie eine dieser geleckten Tussen aus den Hochglanzmagazinen aussehen.

Auch Ruth und Ena nicken. Loesje schweigt.

Du bist ganz schön ausgefuchst, sage ich.

Ich will höher hinaus.

Mit deinen langen Beinen, ist doch eh klar, grinst Thomas.

Hör mal, fährt Liesl ungerührt fort, ich kaufe mir Klamotten, die ich hässlich finde, nur weil sie sexy sind. Ich weiß, wie ich aussehen und welchen Eindruck ich machen will.

Eine Lolita, die weiß, was sie will, sage ich.

Ich surfe im Internet, fährt Liesl fort, und blättere Zeitungen und Magazine nach Leuten durch, zu denen ich gehören wollte. Welche Branche, wer in welcher Position.

Thomas zündet sich bedächtig eine Zigarette an.

Ich bin keineswegs leichtsinnig, sagt Liesl.

Selbstbewusst stolziert sie ein paar Schritte, als liefe sie auf einem Laufsteg.

Ich mache das passende Gesicht zum Outfit. Der Tag gehört mir.

Daran haben wir nicht den geringsten Zweifel. Jedes Wort, das sie sagt, meint sie auch.

Ich statte einem Mitarbeiter von Wim Delvoye einen Besuch ab.

Wer ist das?, fragt Loesje.

Ein Künstler. Er hat eine Maschine konstruiert, mit der er portionsweise Kacke herstellt und verkauft.

Die Cloacas, ergänze ich. Die stehen in großen Museen.

Und in China züchtet er Schweine und lässt sie tätowieren.

Kann man sich auf YouTube ansehen, bestätige ich.

Danach werden die Tiere geschlachtet, und die tätowierte Haut verkauft er als Kunst.

Der Hammer, sagt Thomas.

Liesl dreht sich auf dem Absatz um.

Um aus etwas Kunst zu machen, muss man gute Ideen haben und Menschen anstellen, um sie auszuarbeiten.

Wir nicken.

Und genau das habe ich vor.

Sie stampft mit dem Fuß auf, wiegt ihr Becken.

Ich gehe zu einem Typen Anfang vierzig …

Als sähe sie ihn vor sich.

… dem Direktor einer Werbeagentur oder einem Fotografen, der für verschiedene Blätter arbeitet. Er ist offen für neue Herausforderungen in seinem Leben, da er auswertet, sich Fragen stellt, sich eine Midlife-Crisis einbildet und seine Fähigkeiten auf erotischem Gebiet überprüfen will, kurzum: Ich komme wie gerufen.

Sie geht total auf in der Geschichte, spielt ihre Rolle gut, als würde sie tatsächlich bei ihm im Büro stehen.

Thomas zieht nur selten an seiner Zigarette.

Sie fährt sich mit den Händen über die Hüften.

Er ist geschieden, hat mehr oder weniger feste Beziehungen und Kinder, die er für sehr selbständig hält. Hallo, ich habe einen Plan, sage ich, ein Projekt, das uns beide weiterbringen kann, haben Sie Interesse? Oder soll ich gleich zur Konkurrenz gehen, was halten Sie davon?

Gar nichts, unterbricht Thomas sie.

Liesl ignoriert ihn.

Ich sende starke sexuelle Signale aus, habe mich gekonnt eingeschnürt, Arme und Beine sind frei, die Augen lebendig, mein Blick ist ungerührt, abwartend.

Sie führt es vor. Wir brechen in Lachen aus.

Du solltest Schauspielerin werden, sagt Karl.

Ich gebe ihm zu verstehen, wie wenig Mühe es mich kostet, die Beine breit zu machen, und wie hoch der Preis dafür ist, macht Liesl unbeirrt weiter. Ich stelle ihm das Projekt vor. Er beißt nicht sofort an, lässt sich eine Hintertür offen, macht eine neue Verabredung – deren Zeitpunkt ich bestimme: Schließlich gebe ich die Zügel nicht einfach aus der Hand. Ich sehe ihn genauso mitleidig an wie er mich, und verabschiede mich kurz angebunden.

Sie formt mit den Händen auf Höhe ihrer Möse eine Muschel.

Und grinst dabei.

Das nächste Mal ziehe ich mich so an, dass er mich nicht wiedererkennt, setze ein anderes Gesicht auf, studiere neue Posen ein, damit er eine Ahnung bekommt, wozu ich fähig bin, wie unberechenbar und originell ich bin. Alles an mir ist überzeugend, weil ich das so will.

So kennen wir dich, pflichtet Jens ihr bei.

Und ob, ich bin in Topform, jauchzt Liesl. Ich kenn die Männer! Sieh dir diesen Film an, sag ich zu ihm, von dem Mann, der einen Strommast hinaufklettert und auf der Querstrebe zögert, einen Moment in die Ferne sieht und dann springt; seinen Todessturz, das gebrochene Genick und die gebrochenen Arme kriegst du im Close-up, ich hab alles selbst inszeniert, das Material brauchte kaum geschnitten zu werden. Der Clip steht schon seit Monaten im Netz, die Musik von The National habe ich eigenhändig druntergelegt. Mann, das ist real, so bin ich, auf zu neuen Ufern mit mir, du brauchst nur Ja zu sagen, ich will hoch hinaus – mit dir. Du öffnest mir Türen, ich öffne, was in meiner Macht steht. Abgemacht?

Klar doch, sagt Jens.

Liesl gestikuliert wild.

Man muss immer einen Schritt voraus sein, ihn überrumpeln. Seine Geilheit hat sich schon zwischen meinen Brüsten verfangen. Gut eingeschnürt. Du hast einen Tag Bedenkzeit, sage ich und lass ihn stehen. Er muss diese einmalige Gelegenheit nutzen, schließlich hat sie Mut, Ideen, ist jung und zu allem bereit, und, verfluchte Scheiße, auch noch rattenscharf. Am nächsten Tag also greift er mit beiden Händen zu und ich ihm zwischen die Beine. Wir besiegeln den Vertrag auf einem bequemen Bett.

Endlich, schnaubt Thomas.

Liesl lacht.

Das nenn ich Rendite.

Nun gut. Wir sahen Liesl seltener in unserer Clique.

Trotzdem lief weiterhin alles wie geschmiert. Thomas hielt die Fäden in der Hand, Loesje half ihm dabei. Der Rest wurde nachlässiger.

Ich stand fast täglich mit irgendeinem der Mädchen, das die anderen anschleppten, vor der Kamera. Jens kümmerte sich um die Zahlen, mich interessierten sie kaum noch. Wir teilten die Gewinne untereinander auf, aber das war mir gleich. Die Beträge wurden nicht geringer, ich aber immer hungriger.

Liesl wusste, wie sich die Rendite vergrößern ließ, sie würde sich wie ein Schwein tätowieren lassen und ihre Haut teuer verkaufen.

Jens hockte nächtelang vor dem Laptop.

Es war ihm gelungen, den Firmencomputer seines Vaters zu hacken. Er hatte dessen Lebenslauf um eine Liebhaberin ergänzt, mit der er eine uneheliche Tochter hatte, und ihm eine Lohnerhöhung genehmigt.

Eigentlich langweilte ihn das furchtbar.

Jetzt versuchte er, ein Online-Spiel zu erfinden, und damit Geld zu verdienen.

Hast du keine Idee?

Nö, keine.

Schwach. Du bekommst einen Teil des Gewinns. Was sagst du?

Madame Bovary.

Wer ist das?

Nur so 'ne Idee. Ehebruch. So viele verheiratete Frauen wie möglich verführen, schwängern, mit ihnen Urlaub machen, was weiß ich, und alles, ohne sich erwischen zu lassen.

Zu kompliziert.

Du machst es dir zu leicht.

Wen stört's?

Karl nahm ein Motorrad auseinander, baute es wieder zusammen.

Das hab ich gebraucht, sagt er. Er zeigt mir ein Teil, das ich noch nie gesehen habe.

Eine phantastische Maschine wird das.

Ich nicke. Überall liegt Werkzeug herum, Einzelteile sind über den Fußboden verstreut, an der Wand lehnen auseinandergebaute Motorradwracks, halb zusammengebaute Prototypen, in der Mitte der Halle steht Karl und überlegt laut, seine Gedanken kreisen nur um diese Maschinen. Es spielt keine Rolle, ob ich da bin oder nicht, merke ich, von seinen Motorrädern hab ich genauso wenig Ahnung wie er von den Büchern, die ich lese.

Thomas verbrachte Stunden vor dem Spiegel.

Er zupft an dem Schnurrbart, den er sich hat stehen lassen. Kräuselt die Oberlippe. Rümpft die Nase. Leckt sich die Mundwinkel. Der Schnurrbart bleibt an Ort und Stelle. Ein dünner Strich. So wie er ihn haben will. Aber manchmal sieht es aus, als fiele nur ein Schatten auf seine Oberlippe. Je nach Lichteinfall. Vielleicht muss der Schnurrbart wieder ab, und er selbst wieder von vorne anfangen. Schatten reichen nicht, weg mit Platon. Er setzt eine finstere Miene auf. Der Schnurrbart verleiht ihm das gewisse Etwas.

Gut so.

Eine Sonnenbrille fällt ihm vor die Augen.

Er tritt auf die Straße, ruft ein Taxi. Lässt sich zum Club kutschieren und auf der Suche nach geeignetem Material von einer Party zur nächsten fahren.

Ich lese weiter, auf meiner Liste steht noch Murakami, außerdem Eggers, Toltz, Kaváfis und die alten Russen, vielleicht schreibe ich selbst ein Buch. Das muss ich den anderen gar nicht erst erklären.

Ich lass mich schwängern, sagt Liesl, und nach genau drei Monaten treibe ich ab. Den Fötus behalten wir und konservieren ihn in einem Einmachglas.

Ich werde wieder schwanger, nach drei Monaten und einer Woche folgt ein erneuter Schwangerschaftsabbruch. Den Fötus konservieren wir auf die gleiche Art und Weise.

Dann die nächste Schwangerschaft, nach drei Monaten und zwei Wochen, hoppla, eine Abtreibung, und wieder kommt der Fötus in ein Glas.

Ich glaub, ich schaff drei Föten im Jahr, schließlich bin ich jung und fruchtbar. Bis zu viereinhalb Monate sind realistisch, in China geht das, und solange ich minderjährig bin, ist das Gesetz nicht ganz so streng. Für jede Abtreibung gehen wir in ein anderes Land. Jedes Mal mit offiziellen Papieren. Das wird eine schöne Serie, all die potentiellen Geschwister mit ihrer offiziellen *Nichtgeburtsurkunde*. Ein Kunstwerk, das Kontroversen auslöst und selbstverständlich Millionen wert ist, allein schon an Versicherungsprämien, denn es lässt sich weder restaurieren, geschweige denn ersetzen. Meine Schwangerschaft als *work in progress.*

Sie trommelt triumphierend auf ihren Bauch. Das nenn ich Rendite!

Das heißt mit anderen Worten, du gehst bei uns kein Risiko mehr ein, folgert Thomas mit einem bösartigen Grinsen im Gesicht.

Exit Liesl.

Kunst, dass ich mich darüber nochmal verbreiten würde, sagt Thomas überheblich.

Aber recht hat sie. Der Trick besteht darin, Kacke als Kunst zu verkaufen.

Er fährt mit der Zunge über sein Bärtchen, das ihm trotz der Pickel im Gesicht immer besser steht.

Exit

Es wird Herbst, Blatt für Blatt.

Das Laub verfärbt sich, gelb, braun, ocker, rot, violett, blau; endlich, der Herbst macht kurzen Prozess mit dem ewigen Grün. Die Tage werden kürzer, die Nächte länger, am Ende kommen immer noch vierundzwanzig Stunden bei raus, wir gewinnen nichts und verlieren auch nichts, wir bleiben nicht länger im Bett, gehen nicht früher schlafen, stehen nicht später auf. Auch das Licht wird nicht weniger, es ist nur öfter Kunstlicht.

Alles, was wir nicht ausdrücklich verstecken, bleibt sichtbar.

So sieht es aus.

Schließlich hatte Ruth als Erste wirklich die Nase voll. Eines Tages tauchte sie einfach nicht wie verabredet vor der Kamera auf. Ich wartete. Ich hatte ein Buch dabei. Ich hätte mir vor der Kamera einen runterholen können, aber ich kam mir zu alt dafür vor. Ich weiß nicht, woher der Gedanke auf einmal kam. Aber ich hatte einfach keine Lust, meinen Schwanz selbst in die Hand zu nehmen. Irgendwie war ich erleichtert, dass Ruth hinschmiss. Ich spürte, meinte sogar mit Sicherheit zu wissen, dass sie unsere Verabredung nicht einfach vergessen hatte. Sie sagte mir auch nicht Bescheid. Seelenruhig wartete ich, bis die Zeit vorbei war. Blätterte lustlos in meinem Buch. Ich erinnere mich, wie ich grübelte, alles der Reihe nach durchging, versuchte, vorauszuschauen. Ruth hörte einfach auf, dabei mieteten wir Zimmer, brauchten Einkünfte, wollten Gewinne verteilen, darum mussten sich alle an die Absprachen halten – aber es machte mir nichts aus, ich wartete einfach ab, informierte niemanden, ließ die Zeit verstreichen, das war alles.

Ich wartete eine Stunde und ging dann nach Hause zurück, wo ich mich in mein Zimmer zurückzog, um mit dem Buch anzufangen. Karl schraubte, Jens hackte, Ena shoppte, Thomas, Liesl, wir alle waren mit eigenen Dingen beschäftigt, und ich fragte mich, was Ruth ausbrütete.

Nichts. Sie hatte schlicht und einfach keinen Bock mehr.

Ich zuckte die Schultern.

Akzeptier es doch einfach und profitier davon. Was hält die Welt am Laufen, na?

Ich verschleiße meine Möse doch nicht für ein Almosen. Liesl hatte recht, es ging um Rendite.

Ja, logisch.

Jens ließ die Buchführung schleifen. Alle brachten Kohle rein, aber keiner hatte mehr den Überblick über die Gesamtsumme. Wir verteilten das Geld nach Gutdünken, Ruth notierte die Zahlen auf lose Zettel, Thomas schrieb sie auf die Rückseite eines unleserlichen Briefes, ich versuchte mir die Beträge zu merken und sie Jens durchzugeben, in der fälschlichen Annahme, dass er schon alles verwalten würde und ich mich nicht weiter darum zu kümmern brauchte. Eigentlich war es allen egal. Wir hielten einfach ein System am Laufen, das Thomas immer mehr an sich zog, während unsere Clique langsam, aber sicher zerfiel. Niemand rief Jens zur Ordnung, ganz einfach, weil es für keinen von uns noch wichtig war.

Manchmal muss man den Mund halten und den Dingen ihren Lauf lassen.

Jeder hat seine eigenen Gründe.

Die Zeit tut das Übrige.

Alle sind nur froh, dass der Aufwand nicht größer ist.

Die neuen Mädchen arbeiteten weiter. Thomas half ihnen, kümmerte sich um alles, die Zimmer, die Kamera, die Kunden, die Stimmung.

Ohne ein Wort darüber zu verlieren, übernahm Thomas nach und nach die Geschäfte.

Hin und wieder nutzte Ena noch die Zimmer, ließ sich bezahlen und steckte das Geld in den gemeinsamen Topf. Von den ersten Mädchen hielt sie am Längsten durch, aus einer gewissen ausdauernden Loyalität heraus, voll sentimentaler Wehmut wie bei einem hinausgezögerten Abschied. Auch ich nutzte die Zimmer manchmal, aber immer öfter nur mit der Absicht, mich zurückzuziehen, zu Tageszeiten, an denen ich ganz sicher ungestört war, um nur nicht zu Hause oder woanders sein zu müssen. Unsere Clique, unser Unternehmen ging nicht pleite, stattdessen ging alles langsam in Thomas' Hände über, und den anderen war es recht. Uns war klar, was vor sich ging, wir kümmerten uns nicht mehr um neue Kunden, neue Mädchen, unsere Produkte, die Miete, Verteilung der Gewinne, auch von Buchführung war keine Rede mehr.

Wir sahen uns nicht mehr oft. Einer hatte immer eine Ahnung, wo der oder die Abwesende gerade steckte oder warum er oder sie angeblich nicht dabei sein konnte, und wir akzeptierten jede Erklärung, es machte ohnehin nichts mehr aus. Die Geschäfte liefen, und es war nicht mehr nötig, darüber nachzudenken, wie man sie weiter perfektionieren, ausbauen, rentabler machen könnte. Thomas wusste, in welche Richtung er wollte, und dass es den anderen völlig am Arsch vorbeiging. Wir verteilten das Geld wöchentlich und nach einiger Zeit blieb der Betrag, den Thomas uns Woche für Woche zusteckte, gleich, ein fester Betrag. Die tatsächlichen Einkünfte mussten höher liegen, aber keiner hatte das Bedürfnis, dem nachzugehen. Bis auf Ena und Thomas trug keiner aus unserer Clique noch dazu bei, die Geschäfte am Laufen zu halten. Die kleine Summe, die er uns trotzdem zuteilte, nahm mehr und mehr den Charakter von Schweigegeld an. Wir wussten, was da vor sich ging, wie alles ablief, dass Thomas mehr herausholte, und wir ließen es zu, sahen keinen Sinn darin, es an die große Glocke zu hängen. Es blieb schließlich leicht verdientes Geld.

Volle Lautstärke

Zwischen den verlorenen Bäumen, den verlorenen Sträuchern, dem verlorenen, offenen Feld unter einem verlorenen, offenen Himmel: die verlorene Scheune, das wuchernde Unkraut, ich konnte das Harz der Tannen riechen, nach denen es früher bei meiner Großmutter auf der Toilette roch.

Ich wendete den Roller, die anderen waren nicht da, ich fuhr zur Hölle, Kies knirschte unter den Reifen, das grässliche Motorengeräusch wurde von den Tannen zurückgeworfen, ich machte, dass ich wegkam.

Der Nachmittag lag träge und nutzlos in einem Abgrund verrinnender Stunden. Ich gab Gas. Ich fuhr nach Hause. Keiner da. Das grässliche Motorengeräusch prallte auf die rechteckigen Häuserfassaden, ich ließ die Maschine aufheulen, schmutzig blauer Qualm zerfiel langsam hinter mir. Ich parkte den Roller in der Garage, zog das Tor hinter mir zu. Mein eigenes Reich.

Niemand zu Hause. Nur ich.

In meinem Zimmer war alles unverändert, genauso, wie ich es zurückgelassen hatte.

Vor dem Fenster war nichts zu sehen, was ich nicht

schon kannte, quadratische Gärten, ein quadratischer Himmel, das Schicksal.

Ich ging hinunter ins Wohnzimmer, in die Küche. Unten im Kühlschrank lag eine labbrige Pizza, viel Käse, viel Tomate, viel Nichts, eingeschweißtes Vakuum in einer Aluschale. Ich stellte die Pizza in die Mikrowelle. Sie drehte sich langsam. Ich ließ sie machen.

Sich drehen und erhitzen.

Der Käsebrei warf Blasen. Die Blasen zerplatzten.

Ich ließ sie machen.

Noch eine Runde. Die Mikrowelle piepste. Noch eine Runde.

Ich hatte mich vertan, hatte doch keine Lust auf Pizza. Die sah aus, als kochte sie, ein kleiner, flacher Vulkan, rot und brodelnd. Und noch eine Runde. Ich stopfte einen Donut aus einer Tüte in mich hinein, stellte Musik an. Ließ KT Tunstall brüllen, volle Lautstärke.

Den Lautstärkeregler jetzt bis zum Anschlag. Die Fensterscheiben zitterten, die Nachbarn bestimmt auch. Ein Kokon aus Musik. Ich konnte kein Telefon, keine Klingel, kein Klopfen an Türen und Fenstern hören. Ich ging zurück nach oben, ließ alle Zwischentüren offen, versuchte, den Rhythmus zu spüren, mich im Takt zu wiegen. Ich musste mich einfach bewegen, hier auf der Stelle, zu jedem Beat. Ich schaute in den Spiegel an der Schranktür und lachte, ich wollte mir zusehen, beim lautlosen Lachen.

Ich sah mich an und tanzte. Ich tanzte, weil ich

nicht in Stillstand geraten wollte. Und sang, weil das Haus ganz von der Melodie erfüllt war – *If only you could see me now.*

Das tat gut, niemand sah mich.

Ich sah alles.

Die Musik hörte auf und die Stille kam mir vor wie ein gewaltiger Irrtum.

Spaß

Es war eine Meisterleistung an Dreistigkeit. Anders kann man es kaum nennen. Eigentlich war es total nebensächlich. Für niemanden sprang etwas dabei heraus, nicht mal für Thomas. Es war eine überspannte Form der Beschäftigung mit der Welt. Wir wollten nur unseren Spaß haben. Wie sich später herausstellte, sollte das unsere letzte gemeinsame Unternehmung sein, sei es auch nur zu viert. Doch das reichte aus.

Karl wusste sofort, um wen es ging.

Die Kupferdiebe.

Thomas grinste derart, dass sich sein Bärtchen beinah ringelte. Für seinen Schnurrbart nahm Thomas wirklich die größten Mühen in Kauf. Mein Grinsen hatte weniger Wirkung.

Ein Stelldichein mit den großen Jungs. Dafür waren wir bereit, unsere Kräfte ein letztes Mal zu bündeln, noch einmal früh aufzustehen: die Nacht zum Tag zu machen und noch ein letztes Mal unsere Grenzen zu verschieben. Tagsüber scheint der Mond schließlich in Australien, niemand braucht ihn zu vermissen.

Geht klar!

Thomas zündete sich eine Zigarette an. Karl nahm sich auch eine.

Hast du da noch eine Rechnung offen?

Wie kommst du darauf?

Der Wohnwagen?

Thomas zuckte mit den Schultern, machte es sich bequem, blies Rauch durch die Nase, bedächtig, cool.

Er hatte eine Lagerhalle in der Nähe vom Pyramid angemietet. Dort konnten die Mädchen problemlos mit ihren Kunden absteigen, unsere Wohnung war zu weit weg. Eines Nachmittags tauchte ein Geländewagen mit einem bulligen Mann am Lenkrad auf, ein alter Wohnanhänger holperte hinterher. Er schob das klapprige Gefährt ordentlich in die Lagerhalle. Ein dünner Junge in abgerissener Kleidung koppelte den Wohnanhänger ab und machte zehn Minuten herum, um ihn auf seinen ausziehbaren Aluminiumbeinen vorn und hinten einigermaßen horizontal auszurichten.

Der Wohnanhänger hatte undichte Stellen, aber die Lagerhalle war trocken und das Bett geräumig. Es gab eine Dusche, ein Waschbecken und eine Toilette, alles, was man während und nach dem Ficken brauchte.

Noch am gleichen Nachmittag kümmerten sich Karl und Thomas um einen Wasseranschluss, um einen Abfluss und um Strom. Bereits am Abend war alles für das erste Mädchen bereit. Sarah, glaube ich, und ihr erster Kunde, der Stiernacken.

Also geht's doch um den Wohnanhänger, oder?

Der hat nichts damit zu tun.

Das haben wir hinter uns.

Der Anhänger hat nicht lange gehalten, die Lagerhalle ist inzwischen gekündigt. Stattdessen haben wir neue, saubere Zimmer ganz in der Nähe vom Pyramid, aber was geht uns das noch an? Das ist jetzt Thomas' Laden.

Wir mussten grinsen. Um diese großen Jungs geht es also? Warum auch nicht?

Thomas hatte uns genau erzählt, wie das Gespräch mit dem Stiernacken abgelaufen war. Wort für Wort. Er suche eine Kontaktperson aus der normalen Bevölkerung, so der Stiernacken. Jemanden, der die Sprache und die Gepflogenheiten vor Ort besser kenne und ihm als Handlanger dienen könne.

Wir grinsten in uns hinein.

Ich erzähl dir jetzt mal, wie's läuft, hatte der Stiernacken zu Thomas gesagt. Und das tu ich, weil du es noch weit bringen wirst.

Thomas nickte.

Dieses Land hat alles.

Der Stiernacken zählte an den Fingern ab: Wohlstand, Infrastruktur, Steuern, Luxus, Langeweile, Angst, einfach alles.

Sieben Finger.

Stimmt, erwiderte Thomas.

Angenommen, man stiehlt jetzt einen Computer, der Stiernacken nahm wieder die Finger zu Hilfe, ein iPhone, ein Auto, einen Fernseher oder Dessous, Juwelen, Stiefel, Lederjacken …

Acht Finger.

… glaubst du, dass die Bestohlenen deswegen Hunger oder Not leiden? Natürlich nicht. In diesem Land kann man alles stehlen. Das bringt keinen um. Und wenn schon, was dann? Eine Sorge weniger.

Der Stiernacken trank einen Schluck. Thomas trank auch, aber vorsichtig, mit dem Finger wischte er sich den Schaum vom Schnurrbart und hörte weiter zu.

Wir kommen aus einer ganz anderen Welt. Mit Staunen sehen wir, was es hier alles im Überfluss gibt. Da können wir uns nur die Augen reiben. Mit eurer Gesellschaft haben wir nichts zu tun. Eure Gesellschaft braucht uns nicht. Aus welchem Grund sollen wir uns hier anpassen? Warum sollten wir das wollen? Wir sind doch nicht verrückt.

Echt?, fragte Thomas dämlich.

Ja. Wir nehmen, was wir kriegen können aus eurer Welt. Hauptsache die Kohle stimmt. Du hast einen abgewrackten Lieferwagen? Nur so als Beispiel. Klar kriegen wir den wieder hin. Oder Kupferdraht, Hunderte Meter. Schneiden wir einfach aus der Eisenbahn-Oberleitung. Nachts ist dort keine Menschenseele. Wie Affen, so geschickt sind wir im Dunkeln. Wir fahren zu einem Altwarenhändler, der gibt uns

Geld dafür. Am nächsten Morgen Chaos im Berufsverkehr? Im Kopf sind wir schon längst beim nächsten Job. Zehntausende Reisende mit Verspätung, alle verpassen ihre Anschlüsse, schnauzen die Zugschaffner an? Na und, was geht uns das an?

Nichts, gab Thomas zu, warum auch?

Das ist nicht unsere Gesellschaft, bellte der Stiernacken. Die Bahn wird die Kupferdrähte schon ersetzen. Nach einer Weile schlagen wir wieder zu. Die reinste Kupfermine! Wie der Kongo für eure Unternehmen. So sieht's aus.

Tja, sagte Thomas und nahm noch einen Schluck von seinem Bier. Und was hab ich damit zu tun?

Eure Welt geht den Bach runter. Und weißt du auch, warum?

Sag's mir.

Weil sie für uns wie ein riesiger Ozean ist, den wir leerfischen können. Ohne jede Quote, ohne Einschränkungen, ohne Reglementierung, ohne jede Aufsicht. Eure Polizei und euer Sicherheitspersonal sind Haie für uns, vor denen wir uns in Acht nehmen. Solange wir kein Blut vergießen, lassen die Haie uns in Frieden. Und wir fischen in aller Ruhe weiter. So sieht's aus.

Dann ist ja gut, sagte Thomas, ich bin kein Hai, sondern eine Krabbe.

Der Stiernacken sah ihn fragend an.

Ich greife nicht frontal an, ich bewege mich nämlich seitlich, erklärte Thomas und machte es ihm mit den Händen vor.

Der Stiernacken nickte und fuhr fort.

Was für uns ein Ozean ist, wird für euch zum Dschungel. Ihr habt keine Ahnung …

Er zählte wieder an den Fingern ab.

… ob die Züge pünktlich fahren. Ob nicht jemand anderes den Mais geerntet oder die Kuh geschlachtet hat. Oder ob die Maschinen sich noch auf dem Hof befinden. Die teuren Kleider noch im Schrank hängen. Das Auto noch auf seinem Platz steht. Ob der Computer nicht verschwunden ist. Oder deine Handtasche nicht gestohlen ist oder der Benzintank leergepumpt.

Neun Finger, dachte Thomas.

Wir nehmen einfach alles mit, was nicht niet- und nagelfest ist, höhnte der Stiernacken.

Wenn niemand was dagegen unternimmt, nickte Thomas zustimmend, warum auch nicht?

Sonst tut es jemand anderes. Wir sind austauschbar. Genau wie ihr.

Alles kleine Fische und Krabben, sagte Thomas.

Ja, bestätigte der Stiernacken.

Er sah Thomas scharf an.

Machst du mit?

Das sind also die großen Jungs, sagte Karl.

Das wird sich noch rausstellen.

Er holt die SIM-Karte aus seinem Telefon, steckt eine neue hinein. Keiner kennt die Nummer. Niemand kann ihn anrufen. Nur eine Begrüßungsnachricht vom Anbieter. Herzlich willkommen, so und so viel Guthaben, so viele Gratisgespräche, so viele Vorteile: das übliche Geschwätz.

Von mir aus kann's losgehen.

Von uns aus auch. Lassen wir den Abend ruhig angehen.

Ena ist dabei, weil sie ein Mädchen ist. Denen vertraut der Stiernacken nicht, aber wir bestimmen, wer von uns mitmacht, nicht er.

Erst gehen wir tanzen im Pyramid. Der Türsteher lässt uns rein. Wir tanzen nicht wirklich, hängen nur ein wenig herum, gucken uns Männer und Frauen an, die in sechzehn, siebzehn Jahren genauso sein werden wie unsere Eltern. Um nichts in der Welt würden wir mit ihnen tauschen wollen. Man sollte sie alle in einen Nissan stecken!

Wir verlassen den Club. Der Mond hängt treu wie eh und je am Himmel, dieses Mal nur halb. Eine helle Nacht hat Vor- und Nachteile. Wir machen uns keine Sorgen, wir werden schon sehen, was dabei herauskommt.

Schließlich ist es ein Spiel.

Mit den großen Jungs.

Von wegen!

Wir fahren ein Stück aus der Stadt hinaus, durch die Felder, an den Bahngleisen entlang, bis zu einer Kreuzung. Wir behalten die so geduldig wie gelangweilt zwinkernden Blinklichtsignale des Bahnübergangs im Auge und warten ab.

Warten ab.

Bis endlich ein Brummen aus dem Nichts auftaucht. Und ein Schatten, ein viereckiges Ungetüm auf Rädern, ein Lieferwagen in einem Blau wie so manche Nachtfarbtöne. Steht der Wagen, ist er so gut wie unsichtbar, fährt er langsam, fällt er kaum auf. Das ist Voraussetzung. Es ist ein großer Lieferwagen, ein ausgebautes Modell. Wir werfen unsere Maschinen in den Laderaum. Der Stiernacken ist nicht dabei, auch nicht hinterm Steuer. Er kommt vielleicht später, in einem teureren Wagen, um nachzusehen, wie es ausgeht.

Darauf sind wir auch gespannt.

Thomas steigt vorne ein, der Rest in den Laderaum. Über eine einsame Fabrikstraße erreichen wir das Betriebsgelände von der rückwärtigen Seite. Wir laden unsere Fahrzeuge wieder aus. Ohne ein Sterbenswort. Die Männer sprechen ein gebrochenes Niederländisch oder Englisch, aus dem man nicht wirklich schlau wird.

So weit, so schlecht.

Ansonsten verlief alles nach Plan. Sofern man überhaupt von einem Plan sprechen konnte. Eigentlich hatten wir bloß eine vage Idee. Aber das reichte aus. Die Männer vertrauten uns, weil uns der Stiernacken vertraute.

Mit der Zange aus seinem Rucksack schnitt Karl ein Loch in den Zaun, er gab sein Werkzeug nicht aus der Hand. Ena und Thomas parkten ihre Roller um die Ecke – auffällig unauffällig in der Nähe der Runde des Nachtwächters, und weit genug von der

Stelle entfernt, wo wir uns an die Arbeit machten. Sie versteckten sich schlecht und begannen, eine Nummer zu schieben.

Das Ganze lief ab, als stünde es in einem so schlechten und vorhersehbaren Drehbuch, dass es keiner verfilmen will. Aber es funktionierte. Der Nachtwächter kam tatsächlich angelaufen. Hörte verdächtige Geräusche, sah verdächtige Gestalten und verdächtige Bewegungen am Rand des Geländes. Eine Nachtwache hat neugierig zu sein, zudem ist die Nacht einsam und unbequem in Uniform, und wir wussten, was passieren würde, wenn Ena einmal in Fahrt war.

Es ging zügig voran. Das Kupfer lag in Bündeln bereit. Wir schleppten sie zum Lieferwagen. Das ging schnell, Karl war genauso kräftig wie die anderen Typen.

Alles lief wie am Schnürchen.

Sobald das Diebesgut verladen war, brach der Lieferwagen auf. Aber erst steckte einer der Männer Karl noch einen Vorschuss zu.

Wir warfen unsere Maschinen an und machten, dass wir wegkamen. Wir würden nicht mehr als den Vorschuss zu Gesicht bekommen, das war uns klar. Aber wir kamen immer an Geld, jederzeit. Der Stiernacken hatte sich nicht blicken lassen; allerdings habe er sein Auto bemerkt, sagte Thomas. Er sei in der Nähe gewesen und dann wieder verschwunden. Ja, ja, die großen Jungs. Und wir grinsten.

Wir trafen uns im Morgengrauen bei der Scheune, wohin es uns nur noch selten zog. Es roch muffig dort, die Tür hing schief in den Angeln, Glasscherben lagen auf dem Boden. Dieser Ort hat schon viel gesehen, nun gut, wer erzählt die Geschichte?

Ena.

Sie sei müde nach der Fahrt gewesen, glaubte, eine Eule gesehen zu haben, die mit ausgebreiteten Flügeln über den Weg strich, im letzten Moment hätten die Scheinwerfer den gefiederten Bauch erfasst, ihn blitzartig aufleuchten lassen, der Rest sei nur ein grimmiger Schatten gewesen, fast hätte er Ena die Schwingen ins Gesicht geschlagen, ja, und was sollte sie sagen, der Nachtwächter, reine Routine im Schein einer Taschenlampe. Sie schwieg.

Thomas nickte.

Mehr gab es nicht zu sagen.

Unaufhaltsam ging im Osten die Sonne auf. Der Tag brach an. Schon oft hatten wir dieses Licht gesehen, diese Farbtöne, blass, fast gelb, fast rosa, fast blau, diesig, fahl, kränklich, kam so der Tag zur Welt?

Wir grinsten. Das Einzige, was von dem schwerbeladenen Lieferwagen nach dem Beschleunigen übrigblieb, war eine bleifarbene Rußwolke. Kaum war der Wagen auf der Zufahrtsstraße hinter einer Kurve verschwunden, hatte Karl sein Telefon zur Hand genommen, die Nummer der Polizei eingetippt, das Kennzeichen durchgegeben, blauer Lieferwagen, Kupferdiebstahl, in östlicher Richtung. Wir wussten, dass jeder von uns das vorgehabt hatte, dass es unwichtig war, den Ausgang der Geschichte würden wir im Internet lesen.

Karl nahm die SIM-Karte aus seinem Telefon, warf sie in einen Gully und legte die alte Karte wieder ein. Der Vorfall war gelöscht. Aus und vorbei.

Wir fuhren und beschleunigten unser Tempo.

Die großen Jungs würden nur noch unsere Rücklichter sehen, sie müssten sich sputen!

Das Knattern unserer Maschinen schallte über die kahlen Felder, hallte als Echo über das Fabrikgelände, im Rückspiegel bekam das Areal Schlagseite, während wir uns in die Kurven legten, ohne Scheinwerfer, ohne Rücklicht, das Weiß unserer Augen der einzige Schimmer, während wir angestrengt geradeaus spähten. Das schleifende Jaulen der Roller, die sich mit wilden Sätzen in der Mopedspur zu halten versuchten, toste himmelwärts und fiel in einer Blase aus Geheul wieder herunter, wo wir es plattfuhren und in Fetzen auseinanderjagten. Es fehlte nicht viel, und wir hätten den Schall hinter uns gelassen, die Mauer durchbrochen.

Karl fuhr mit voller Geschwindigkeit und wir sahen einen dunklen Schemen, eins mit seiner Maschine, ein düsteres Projektil, dem wir nur zu folgen brauchten, wir vertrauten ihm.

Es kam uns vor, als ließen wir nicht nur den Schall hinter uns, sondern auch das Licht, das dort, wo die Erde sich krümmt, am Rand der sich zu Ende neigenden Nacht auftauchte. Und in einer trostlosen Straße inmitten eines Wohngebiets, das durch die stumme Drehung der Erdkugel unter unseren Reifen unseren Weg kreuzte, gab das vorübergehende frühmorgendliche Dämmern dieses überflüssigen Tages eine erste Spaziergängerin preis; der fülligen Dame waren der unruhige Schlaf und ihr verhängnisvolles Erwachen noch anzusehen, in breiten Schuhen mit flachen Absätzen führte sie ihren Hund aus, eine kleine, gelb-grau gefleckte Promenadenmischung, kaum größer als eine Katze.

Sie hielt den Hund an der Leine. Das Tier steckte die Nase hier und da schnuppernd in die vor den Häusern unordentlich aufgereihten Mülleimer. Das Frauchen blickte sich verschreckt um, als wir johlend wie Cowboys oder Indianer hinter den parkenden Autos hervorschossen. Wir drosselten unser unverantwortliches Tempo keine Sekunde, was die Dame um ihren Skalp fürchten ließ, einen beigefarbenen Hut, der zum Schutz gegen die vermeintliche Morgenfrische, einem unförmigen Pfannkuchen gleich, auf ihrem Kopf lag. Wir dampften wie unsere Pferde, wenn wir denn welche gehabt hätten, und bäumten uns in den Steigbügeln auf, das heißt auf den Pedalen und dem Trittbrett unserer Maschinen.

Yippieh! Yeah!

Ich schoss als Erster auf den Gehweg, Ena und die anderen folgten. Das Gesicht der Frau wurde vor Schreck zu einem einzigen bleichen Fleck. Sie presste sich an die Hauswand. Und guckte, als würden die vier Reiter der Apokalypse auf sie zustürmen. Der Hund bekam davon nichts mit, er sog noch den Geruch eines Mülleimers auf, legte ein Ohr an, spitzte das andere und lauschte dem näherkommenden Gebrüll unserer rasenden Zweiräder. Aus Angst vor dem Windzug, den wir verursachen würden, hielt die Frau ihren Hut mit der Hand fest, uns trennten keine zehn Meter, und wir ließen ihr keine Zeit, auch nur ein Wort auszustoßen, sie setzte gerade noch zu einem O an, das sie aber nicht über die farblosen Lippen brachte. Ihre Empörung, ihr Unglaube blieben ohne Stimme.

Und schon waren wir vorbei. Ena oder Thomas, einer der beiden hatte ihr die Leine aus der Hand gerissen, der Hut war wie ein Scheuerlappen zu Boden gefallen, Karl hatte seinen Reifenabdruck darauf hinterlassen, es war keine Zeit, um abzubremsen, schon schossen wir zurück auf die Fahrbahn, ließen das Wohngebiet hinter uns.

Hüa!

Der Hund war dieses Tempo ganz offensichtlich nicht gewohnt. Mit einem einzigen Ruck hatten wir seinem geruhsamen Mischlingsleben am Busen dieser erschöpften alten Schachtel ein Ende gemacht. Zuerst lief er noch ausgelassen, fröhlich überrascht und kläffend zwischen uns her, den Schwung des Abenteuers in den kratzenden Pfoten, aber schon nach der ersten Kurve endete sein Sprint, wo wir gerade noch den zweiten Atem seines Frauchens hörten, ein raues, verzweifeltes Rufen, in dem wir den

Namen Fifi zu erkennen glaubten, auch wenn uns der für so eine dicke Wurst komplett unpassend erschien.

Wir lachten aus vollem Hals.

Die Promenadenmischung legte sich mächtig ins Zeug, als Karl beschleunigte, konnte aber nicht mithalten. In dem hoffnungslosen instinktiven Versuch, Schritt zu halten und der Leine zumindest mit dem Kopf zu folgen, reckte er den Hals in die Länge, während seine Hinterbeine immer hilflosere, drolligere Sprünge vollführten und seine Vorderbeine nicht mehr hinterherkamen und sich kaum noch vom Boden lösten. Der Hund stürzte, überschlug sich, zappelte einen kurzen Moment mit den Beinen in der Luft wie Kafkas Käfer und wurde dann endgültig an der Leine um seinen Hals mitgeschleift.

Wir lachten aus vollem Hals, wir hatten Spaß, die Erde drehte sich unter unseren Reifen, wir wirbelten Staub auf, durchschnitten den Wind, ließen den Morgen erblassen, noch bevor er angebrochen war.

Der Hund war faul und fett, er ergriff die Chance zur Freiheit nicht, die Leine um seine Kehle blieb an Ort und Stelle, Mitleid war hier unangebracht, unsere Messlatte lag höher.

Wir waren keine Kupferdiebe, keine Raubfische und auch keine Haie, wir ließen jeden frei, der nach der Freiheit griff, gaben jedem die Möglichkeit, zu zeigen, aus welchem Holz er geschnitzt war, siehst du, das lag in unserer Macht, es war ein Spiel, was denn sonst, ha, ha.

Wir fuhren aufs Neue an den Bahngleisen vorbei, durch die Stille der Sträucher und das geräuschlose Warten der Gleise und Leitungen auf einen Zug.

Und machten Halt. Der Morgen verdampfte auf unseren Körpern, der Mischling stand zitternd zwischen uns und keuchte sich die Zunge aus dem Leib, sein Fell grau und stumpf von Staub und Schmutz, ausgefranst, abgescheuert, kahle Stellen, an denen die Haut aufgerissen war, der Hals, wo die Leine saß, völlig wundgerieben. Er schrumpfte unter unseren Blicken, wich zurück, lahmte mit einer Pfote. Er traute sich nicht einmal, die Zähne zu fletschen, den Schwanz hatte er wie ein schlappes Anhängsel zwischen die Beine geklemmt.

Armer Fifi.

Es blieb still, kein Laut von Amseln, Adlern, Spatzen – oder wie die Viecher alle heißen, die da trällern und singen.

Wir stiegen vom Sattel, stellten uns um den Hund.

Thomas stieß mit der Schuhspitze gegen sein Geschlechtsteil, tick, tick.

Völlig unbenutzt.

Er beißt nicht, sein ganzer Mut hängt an dieser Leine.

Ohne Wind hing die Leine locker vom Hals des Hundes bis in die Hand von Ena. Sie hockte sich neben ihn.

Die Gleise, die Leitungen, nichts rührte sich.

Der Mischling legte den Kopf schief und streckte

ihn dem Mädchen vorsichtig entgegen. Wir fragten uns, ob Hunde lächeln konnten, oder ob das nur für diesen hier galt, doch kaum, dass Ena ihm mit der Hand unter den Bauch gefasst hatte und ihn streichelte, entblößte er scheinbar dankbar und fröhlich seine Zähne, während er gleichzeitig eine Art kicherndes Schnaufen von sich gab.

Wau, wau, wau, riefen wir, grrr, grrr, grrr.

Der Hund zog den Kopf ein.

Aber wir hatten ihn schon satt. Wir banden ihn mit der Leine an einem Strauch fest, er konnte auf die Gleise rennen, er konnte daneben sitzen bleiben, er konnte gefunden werden, er konnte die Leine zerbeißen, es konnte eine Hündin vorbeikommen, die Welt stand ihm offen. Wir traten unsere Roller an und ließen ihn zurück.

Mit müden Augen betrachteten wir den anbrechenden Morgen. Die Matratze in der Scheune war feucht und roch muffig, das war kein Ort zum gemütlichen Rumhängen mehr. Alles geht den Bach runter, sobald man sich davon abwendet.

Nun gut.

Wir grinsten, vielleicht eher innerlich als nach außen hin sichtbar. Ich erinnere mich nicht mehr genau, was wir noch machten. Wir hatten nur Ena, mit der wir uns amüsieren konnten, aber die Matratze stank und niemand hatte wirklich Lust. Der Morgen kroch über uns hinweg. Vielleicht machten wir auch nichts mehr, und jeder wartete bloß darauf, dass eine

Idee aufkam, zu lustlos, um etwas anzugehen, gelangweilt, leer. Wir trennten uns wieder, wollten uns anrufen oder simsen, keinem von uns war danach, in Siegesrufe auszubrechen oder herumzuprahlen. Der Morgen legte sich über uns, das Röhren der Fahrzeuge erstarb.

Am Nachmittag wussten wir, dass die Männer gefasst worden waren. Dass sie den Stiernacken verpfiffen hatten. Ende Gelände.

Wir trafen uns, um zu lachen, um uns über sie lustig zu machen und den Vorschuss auszugeben. Den Nachtwärter ausgenommen, er hatte sich selbst lächerlich genug gemacht, er hatte Ena anfassen dürfen, und mit geschlossenen Augen nichts mitbekommen, außer ihren Brüsten, das Kupfer auf dem angrenzenden Gelände war weg gewesen, und ein paar Stunden später wieder da. Was ging uns das an. Die großen Jungs, die Polizei. Wir brauchten niemandem etwas zu beweisen, machten einfach, was uns in den Sinn kam. Waren ungebunden, frei, brauchten bloß die Gesetze des Marktes, der Freiheit und des Glücks zu befolgen. Wir lernten schnell.

Uns bleibt nichts anderes übrig, wir wollen mitreden und nicht länger warten, wir leben jetzt, Herr Richter.

Das würden wir sagen, wenn es denn je dazu käme. Warum sollte man aufhören, die Wirklichkeit zu gestalten, wenn man voller Ideen steckt? Es ging ganz von selbst, ein Gedanke führte zum nächsten, solange die Pläne nur realistisch waren. Man muss die Welt in Pläne fassen, die ausführbar sind. Wenn du damit erst mal aufhörst, hast du verloren.

So unterhielten wir uns.

Der Nachmittag versank im Abend, die Wärme blieb staubig, schwül, Lust auf Sex hatten wir aber nicht.

Dafür bekamen wir Hunger. Einer nach dem anderen kehrte nach Hause zurück. Wo es uns an nichts fehlte.

Die Welt liegt uns zu Füßen.